흡연 여성 잔혹사

흡연 여성 잔혹사

서명숙 지음

이야기장수

담배는 슬프다

김훈(소설가)

40여 년 전에 아내가 첫딸을 낳았을 때 나는 마당에서 줄담배를 피워가며 한심해했다. 이 잘난 사내들의 세상에서 그 딸아이가 여자로서 살아가야 할 일들이 절벽처럼 느껴졌다. 내 딸보다 훨씬 더 먼저 여자로 태어난 서명숙이 담배를 피우며 그 시대를 살아와서 이제 초로의 나이다.

이 책에서 내가 좋아하는 페이지들은 '영초언니'라는 인물이 나오는 23~32쪽과 도주, 검거, 수감으로 이어지는 1970년대 말 운동권 청년 시절을 기록한 110~138쪽이다.

영초언니가 피우는 담배는 견딜 수 없는 시대를 견디면서 거기에 저항할 수밖에 없는 청춘의 숨결과 울분을 느끼게 한다. 그 연기는 결핍과 소망 사이로 퍼진다.

감방 안에서 서명숙이 몰래 피운 담배는 저항이며 또 투항인 것처럼 보였다. 저항과 투항이 비벼지면서 뒤섞이는 과정과 그 분석되지 않는 앙금들을 삶이라고 말해도 무방할 터인데, 서명숙의 담배는 그 앙금의 연기다.

아직도 이 세계에서 여자의 생명으로 태어나는 사태는 버림받고 제외되고 억눌리는 일이다. 그 세계의 더러움과 쓸쓸함을 한 대의 담배 속으로 절박하게 빨아들이는 문장들이 서명숙의 가장 좋은 페이지를 이룬다.

서명숙은 내가 떠난 옛 직장의 오랜 동료다. 나는 서명숙의 상사였는데, 서명숙이 부지런하고 유능하고 믿을 만했으므로 나는 회사 업무의 많은 부분을 서명숙에게 맡겨놓고 편하게 지냈다. 서명숙의 얼굴은 늘 생명의 자생력으로 빛났고, 팔다리는 직무와 더불어 가벼웠고, 저 입은 발랄하게 수다스러웠다.

서명숙의 글은 그 강력한 수다의 흐름 위에 올라타 있다. 담배에 대하여 해야 할 말이 이처럼 많이 쌓여 있다! 그리고 그 말의 축적은 그 여자의 저항과 억눌림의 무게이다.

나는 10여 년 전에 담배를 끊었는데 서명숙도 최근에 담배를

끊었다 하니 기특하다. 담배를 끊기는 쉽다. 안 피우면 되는 것
이다.

담배와의 사랑,
그리고 이별

텔레비전도 비디오도 없던 어린 시절, 아버지를 따라 극장에 가서 〈이조 여인 잔혹사〉를 보았다. 엄혹한 가부장제 아래서 시들고 짓밟히고 심지어 죽임까지 당한 여인들의 한 많은 사연을 옴니버스 방식으로 그린 영화였다. 그 내용과 영상이 워낙 충격적이어서 오랫동안 뇌리에 남아 지워지지 않았다.

내가 담배를 처음 배운 건 스무 살 되던 해 가을, 대학 선배 언니를 통해서였다. 담배를 권력의 상징, 남성의 전유물처럼 여기던 시절이었다. 예외가 있다면 꼬부랑 할머니나 술집 여자, 사연이 있는 여자쯤이었을까. 그런 시절에 젊은 여자가 담배를 피우는 건 주위 사람들을 불편하게 만드는 행위이자 박해를 자초하는 어리석은 짓이었다.

내 친정아버지는 나의 흡연을 우연히 목격한 뒤 그동안 쏟아부었던 지극정성과 무한 신뢰를 즉각 거두어들였다. 1979년 봄 시국 사건으로 끌려간 나의 가방에서 담배와 라이터가 나오자, 담당형사는 내 뺨을 갈기면서 "담배나 피워대는 갈보 같은 년들"이라고 말했다. 담배를 피운다는 이유로 같은 학교 남학생에게 매맞은 친구도 있었다. 남성의 전유물을 넘본 죄, 여성이 자기만의 호흡을 하겠노라고 선언한 대가는 혹독했다. 내 후배 M의 엄마는 입덧을 가라앉히려고 시작한 담배 때문에 끝내는 이혼까지 당했다. 요즘 거리에서 담배를 피우는 젊은 여자들을 보면서 흡연 여성 잔혹사는 우리 시대를 마지막으로 끝난 줄 알았다. 그러나 그게 아니었다.

금연 사이트에 들어온 여자들은 누군가 베란다를 엿보고 있는 것 같다고, 남편이 알면 끝장난다고, 시댁이 알까 늘 불안하다고 하소연했다. 심지어 담배를 피운다고 남편에게 담뱃불로 린치를 당한 주부도 있었다. 흡연 여성에게는 20세기에 이어 21세기에도 여전히 '주홍글씨'가 새겨지고 있는 것이다.

그들은 마녀사냥을 피해 몸을 숨긴다. 제 손으로 지은 감옥에 제 발로 들어가 갇힌다. 그들은 오늘도 베란다에서, 카페에서, 골방에서, 부엌 한 켠에서 몰래 푸른 봉홧불을 피워올린다. 무언가를 마음 졸이며 한다는 건 치욕스러운 일이다. 누군가의 따가운 시선을 늘 의식한다는 건 고역스러운 일이다. 건강에는 백해무익하지만 자유와 위안이 유일한 덕목인 흡연을 마음 조이며 한다는 건 고문에 가까운 일이다. 이 책에 '흡연 여성 잔혹사'라는 이름을 붙인 것도 그런 연유에서다.

하지만 마법의 풀, 담배는 내가 세상에서 접한 사물 가운데 가장 영적인 카리스마를 지니고 있었다. 일탈을 향한 본능적인 욕망, 금기에 저항하려는 자유의지를 일깨운 담배는 욕망인 동시에 자유였다.

담배야말로 아득한 청춘의 강을 건네준 나룻배였고, 끝없는 사막 같은 일상을 견디게 해준 오아시스였다. 담배에 매료된 나는 두 아이를 임신한 기간에도 흡연을 중단하지 않았다(아니, 못했다는 표현이 더 정확할 것이다). 아이를 낳으러 병원으로 가기 직전에도 '마지막 담배'를 피웠다.

그러나 영원한 사랑, 퇴색하지 않는 열정은 없는 법. 40대에 접어들면서 담배를 향한 내 열정이 혹시 습_習에 불과한 건 아닐까 회의가 찾아들었다. 갑자기 쉬어버린 목소리, 오후 무렵이면 불청객처럼 찾아드는 편두통, 쏟아져내릴 것 같은 두 눈…… 점점 시들고 지쳐가는 육신에 대한 공포도 한몫 거들었던 것 같다.

결별을 생각했다. 한데 이별을 결심한 뒤에도 그와의 끈을 놓지 못하고 그의 주변을 서성거리게 될 줄이야. 담배는 내가 지구상에서 만난 사물 중에서 가장 사악한 존재였다.

국경일, 각종 기념일, 집안 식구의 생일마다 금연을 결심하기 수십, 수백 차례. 급기야 친정어머니는 금단현상에 시달리는 딸을 보다 못해 금연을 말리고 나섰다. 그러나 엎어지고 깨어지면서도 포기하지 않은 덕분에 지난 한 해를 담배 없이 지냈다.

실연의 상처는 또다른 사랑을 만나야 비로소 치유된다고 하던가. 중독의 빈자리를 또다른 중독으로 채워넣었다. 담배 대신 걷기와 여행, 목욕 따위에 열중했다. '부정적 중독에서 긍정적 중독으로 이행'하는 것이야말로 금연에 성공하는 지름길이 아닐까 싶다.

2004년 봄 마니산 자락에서

서명숙

여자한테 하지 말라는 게
왜 이리 많아!

내 인생의 첫 책 『흡연 여성 잔혹사』를 세상에 선보인 것은 2004년. 오랫동안 몸담았던 시사주간지를 갑자기 때려치운 뒤, 주변에서는 그간 정치부 기자, 데스크로서 써온 정치 칼럼들을 모아 책으로 펴내자는 권유를 해왔다. 허나 시대에 흘려보낸 조각배 같은, 더이상 유효하지 않거나 돌이켜보면 뭘 모르고 썼던 글들을 다시 세상에 내보낼 생각은 추호도 없었다.

대신 나는 출판사측에 역제안을 했다. 기자로서는 쓰지 못한, 하지만 개인적으로는 가장 절실하게 매달렸던 어떤 존재에 대한 사랑과 이별 이야기를 쓰고 싶다고. 그게 바로 『흡연 여성 잔혹사』였다. 그 책을 내면서 큰 기대는 애당초 없었다. 욕이나 먹지 않으면, 손가락질당하지나 않으면 다행이라고 여겼다. 그런데 뜻밖에도 적지 않은 독자들이 열렬한 호응과 깊은 공감을 표시했다. 스스로의 응어리를 풀어내리고 달려든 일이었는데 여럿에게 씻김굿 같은 존재가 되다니 과분하고 행복한 일이었다. 그것으로 충분했다. 『흡연 여성 잔혹사』는 시간이 흐르면서 서서히 독자들에게 잊히고 절판되었지만 한편으로는 다행스러웠다.

왜냐하면 『흡연 여성 잔혹사』 후반부에 마치 금연전도사나 된 것처럼 열렬히 금연 예찬을 펼친 주제에, 다시 담배를 피우기 시작했기 때문이었다. 고향 제주로 내려가서 '세상에서 가장 평화로운 길' 제주 올레길을 내던 초기에 나는 예상치 못한 난관, 주변의 몰이해, 예상치 못한 돌발적인 사건에 부딪혀 파도에 휩쓸리듯 마음이 휘청거렸다. 급기야 독한 마음으로 헤어진 옛 연인과 재회를 하고야 말았다. 『흡연 여성 잔혹사』의 애독자라는 올레꾼을 만나면 나도 모르게 위축될 정도였으니 그 책이 서점가에서 사라진 게 외려 마음 편했다고나 할까.

부르카 착용을 강제하는 탈레반을 지켜보노라니

그러던 중 쓰다가 중단했던 블로그 원고를 마저 쓰도록 강권해서 『영초언니』라는 책을 내도록 만든 이연실 편집자가 제주로 나를 찾아왔다. 이번에는 『흡연 여성 잔혹사』를 재출간하자는 권유를 했다. 난 완강하게 그것만은 절대로 못 한다고 도리질쳤다. 『흡연 여성 잔혹사』의 열렬한 첫 애독자였음을 밝히면서 그녀는 나를 집요하게 설득했지만, 내 거부 의사는 더 강력했다.

다시 피운 담배를 또다시 끊은 건 2015년 늦가을. 그러니 재흡연의 멍에는 벗은 셈이었다. 하지만 내 개인 문제를 떠나서 주변 상황이 너무나도 달라져 있었다. 세월이 흐르면서 남녀를 불문하고 흡연자를 향한 사회적 시선은 더 따갑고 차가워졌다. 여자에게만 잔혹한 시대가 더이상 아닌 것이다. 가끔씩 서울에 출장 와서 길을 걷다보면 남자보다 여성 흡연자들이 더 많이 눈에 띄었다. 냄새가 나지 않는 전자담배까지 출현하면서 그런 흐름은 더 도드라지는 듯했다. 그뿐인가. 『흡연 여성 잔혹사』에 묘사된, 담배 연기 자욱한 과거 언론사 회의실 풍경은 이제는 '호랑이 담배 피우던 시절'의 이야기 같았다. 이런 상황에 그 책을 다시 세상에 내보낸다는 게 미친 짓 같았다. 이연실 편집자는 완강한 내 태도에 발을 동동 구르면서 안타까워하다가 서울로 돌아갔다.

하지만 모든 일에는 다 시절인연이 따로 있는 걸까. 『흡연 여성 잔혹사』를 다시 세상에 내놓을 결심을 하도록 만든 것은 저 먼 나라 아프가니스탄에서 벌어진 일이었다. 미군의 철수에 앞서 전격적으로 수도 카불까지 빛의 속도로 진격한 탈레반은 여성들의 사회 활동을 합리적으로 용인할 것이니 지나친 염려는 하지 말라고 국내외를 안심시켰다. 그러면서도 그들은 강력히 요구했다. 여성들은 반드시 부르카를 착용하라고.

왜, 왜, 왜. 시대와 나라와 계층을 불문하고 여성들에게만 유독 무엇을 하지 마라, 무엇을 하라는 강요가 공공연히 자행되는 걸까? 때로는 종교의 이름으로, 때로는 건강을 위하여, 때로는 전통문화와 미풍양속이라는 미명 아래. 지구상에서 오로지 여자라는 이유로 가해지는 그 모든 억압과 차별, 금기와 강요, 잔혹한 범죄가 사라지는 날이 오기를 간절히 소망하며, 나는 이 책을 감히 세상에 다시 내보내기로 결심했다. 이 책의 내용이 너무나도 터무니없고 참으로 웃기는 '호랑이 담배 피우던 시절'의 이야기로 받아들여질 세상이 오기를 기대하면서.

2022년 가을 제주 서귀포에서
서명숙

추천글 | 담배는 슬프다 _김훈(소설가) ___ 005

서문 | 담배와의 사랑, 그리고 이별 ___ 009

개정증보판 서문 | 여자한테 하지 말라는 게 왜 이리 많아! ___ 013

1부   **27년 열애사를 고告함**

영초와 연초 ___ 023

팥으로 메주를 쑨대도 ___ 033

쌍권총 찬 아들과 마술 부리는 여친 ___ 045

캐나다 성화 봉송 대작전 ___ 049

2부   **아름다운 여자들의 연煙애담**

혼자가 되고 싶었던 퍼스트레이디들 ___ 059

김일성 앞에서 담배 피운 '간 큰 여자' ___ 068

한 손엔 붓을, 한 손엔 담배를 __ 074

니네 엄만 담배도 못 피우니? __ 080

새우깡 백 봉지와 담배 한 갑 __ 086

조선 여인 흡연사 __ 092

3부　　**어둠 속에 피어오른 담배 연기**

산으로 떠난 그녀 __ 103

지옥에서 보낸 한철 __ 110

생리대 속에 숨겨 들여온 담배 __ 124

석수아파트 습격 사건 __ 133

4부　　**흡연 여성 잔혹사**

비정한 모정 __ 141

21세기의 마녀들 __ 150

스스로 감옥에 갇히는 여자들 __ 160

그들의 의자에 앉아서 __ 169

누군가 날 지켜보고 있다 __ 172

현모양처도 섹시파도 "담배는 NO" —— 185

'마지막 선비'의 며느리 사랑 —— 191

두 갑이나 두 개비나 매한가지 —— 196

나 죽으면 담배와 함께 살라주오 —— 199

5부 신新 중독 일기

변절을 꿈꾸다 —— 209

상습 금연자들의 세계 —— 218

담담하게 헤어지기 —— 223

그녀는 예뻤다 —— 233

한번 해볼 만한 도전 —— 239

서장금, 미각을 되찾다 —— 246

나는 달린다 —— 251

올레마마, 한국은 왜 이래요? —— 259

다시 사랑에 빠지다 —— 265

참고 문헌 —— 279

1부

27년
열애사를 고告함

영초와 연초

담배를 처음 만났을 때만 해도 미처 몰랐다. 그 기이한 '마법의 풀'과 긴 세월 끈끈하게 얽혀 살게 될 줄은. 아침에 눈뜨고 밤에 눈을 감기까지 매 순간 그와 함께이기를 열망하게 되리라고는. 슬픔이 파도처럼 밀려오는 순간에도, 기쁨으로 가슴이 터질 것 같은 순간에도, 외로움으로 어깨가 축 처지는 순간에도 언제나 사람 아닌 풀을 찾게 되리라고는.

결별을 결심한 뒤에도 그와의 끈을 놓지 못할 줄은 더더욱 몰랐다. 내 선택으로 가까이했으니, 내 의지로 떠나보내면 그만이라고 여겼다. 입술을 깨물면서 다짐하고 또 다짐한 뒤에도 그의 주변을 서성거리게 될 줄 내 어찌 알았겠는가. 담배는 내가 이 지구에서 만난 사물 중에서 가장 영적인 카리스마를 지닌 사물이자 가장 사악한 존재였다.

그와 처음 만난 건 스무 살 되던 해 가을, 천영초千英草라는 대학 여자 선배를 통해서였다. 전문가들은 청소년들이 담배를 접하게 되는 주된 경로가 바로 주위의 '나쁜 형'이라고 말한다. 연초⁺의 존재를 처음 일러준 영초언니는 전문가들의 견지에서는 '나쁜 언니'였던 셈이다.

대학 학보사 선배인 그녀는 이름부터가 명숙이니 영숙이니 하는 우리네와는 달랐다. 얼마나 예쁘고 개성 있는 이름인가. 우리는 그런 이름을 지어준 선배의 부모님께 감탄했다. 피부도 하얗고 이지적인 용모였다. 학교를 졸업한 뒤 농민신문사를 다니다가 때려치우고 신학대학원에 다니는 그녀의 이력도 우리를 사로잡았다.

그 중요한 사건이 일어난 날짜는 아쉽게도 가물가물하지만, 정황만은 지금도 손에 잡힐 듯 선명하다. 언니의 자취방에서 라면 국물에 밥을 말아 자취생 특유의 점심을 끝냈을 즈음, 언니는 담배를 꺼내 피워 물었다. 그녀가 담배를 피운다는 소문은 익히 들었지만 직접 목격하기는 처음이었다. 태연한 척했지만 내 표정은 꽤나 어색했으리라. 그때만 해도 나 역시 '담배는 이상한 여자들이나 피우는 것'이라는 편견을 가지고 있던 터였다.

⁺ 1971년까지만 해도 담배소매인조합이 연초소매인조합으로 불릴 만큼 연초는 담배와 동의어로 쓰였다.

"너도 한번 피워볼래?" 언니가 진지한 표정으로 권했다. 엉겁결에 건네받았다. 한 모금 빨아보니 목구멍이 따갑고 머리가 어질어질했다. 나에겐 안 맞는 물건이구나 싶었다. 언니는 내 마음을 읽은 듯 "처음엔 다 그래. 한 모금만 더 하면 나아질 거야" 담담하게 말했다. 괴로움을 무릅쓰고 한 모금 더 들이마셨다. 신기하게도 괜찮았다!

그길로 흡연의 길로 들어섰다. 피우면 피울수록 내게 딱 맞는 기호품처럼 여겨졌다. 술은 한 잔만 마셔도 온몸이 빨개지곤 했다. 하지만 담배는 아무리 피워도 말짱했다. 다른 사람들은 많이 피우고 난 뒤에는 목이 따끔거리고 가래가 생긴다는데, 그런 증세도 없었다. 한숨 자고 일어나면 그만이었다.

머지않아 나는 담배 예찬론자가 되어 있었다. 그도 그럴 것이 당시 우리에게는 아무런 낙도 없었다. 박정희 정권이 유신헌법으로도 모자라 더 강압적인 위수령衛戍令을 선포한 이듬해, 우리는 대학에 입학했다. 사회 전반이 얼어붙어 있었다. 체제를 비판하는 발언이나 국가 원수와 관련된 말은 입 밖에 낼 수조차 없었다. 오죽하면 '막걸리 공안사범'이라는 말이 생겼겠는가. 술 마시다 주정 삼아 한마디했다가는 쥐도 새도 모르게 잡혀가는 판이었다.

대학가에도 암울한 기운이 감돌았다. 정보기관에 학우들의 동향을 밀고하는 프락치들이 있다는 이야기가 나돌면서 서로 경계하는 분위기마저 있었다. 학도호국단 간부들과 운동권 학생들 사이에는 넘지 못할 강이 흐르고 있었다.

그나마 1970년대 초반에는 청통맥(청바지, 통기타, 생맥주)과 히피를 흉내낸 장발, 대마초 따위가 젊은이들의 숨통을 틔워주었지만, 독재정권이 억압의 고삐를 더 죈 1970년대 중후반은 문화적으로도 암흑기였다. 종착역을 향해 질주하던 폭압적인 정권은 청년 문화마저도 용납하지 않았다. 해외여행은 특권층 자제라면 몰라도 일반 학생들로서는 상상도 못 할 일이었다.

공부 외에 우리에게 허용된 건 술과 담배뿐이었다. 학생들은 마시고 또 마셨고, 피우고 또 피웠다. 여학생에게는 그나마의 자유도 제한되었으니, 담배는 금단의 영역이었다. 물론 대한민국 헌법이나 학칙에는 그런 규정이 없었다. 하지만 관습과 통념의 벽은 실정법의 벽보다 더 높고 두터웠다. 여자라면 담배를 피운다는 이유 하나만으로 따귀 맞을 각오를 해야 하는 시절이었다.

여자의 흡연은 당시 관습법으로는 명백한 일탈 행위였다. 그래서 더 매달리고 집착했는지 모른다. 어른들이, 남자들이 여자의 흡연을 싫어할수록 더 피우고 싶어졌다. 나는 담배에 점점 매료되었고, 더 깊이 빠져들었다. 장애에 부딪힐수록 사랑에 더 빠져드는 연인처럼.

담배는 우리가 순종적인 여성이 아님을 드러내는 표식이었고, 남자들에게 '엿 먹어라' 내지르는 감자주먹이었고, 영혼을 해방시키는 해원의 깃발이었다. 자연 담배를 피우지 않는 옛친구들과는

만나도 왠지 서먹서먹하고, 거꾸로 일면식도 없는 흡연 여성에게
는 오로지 담배 때문에 친밀감을 느낄 정도가 되었다.

담배를 향한 사랑은 그렇듯 열정과 설렘, 분노와 좌절 속에서
시작되었다. 그리고 그 치명적인 사랑은 27년이나 계속되었다.

그토록 좋아하던 담배도 피우지 못한 채

2002년 10월 말, 나는 대통령선거전으로 서서히 달아오르는
한국 땅을 떠나 캐나다로 향하는 비행기에 몸을 실었다. 내게 연
초를 처음 소개한 '나쁜 언니' 영초를 찾아서.

영초언니는 이혼한 뒤 외아들을 데리고 캐나다로 공부하러 떠
났다. 그곳에 간 지 5년 만인 2002년 4월 어느 화창한 봄날, 자가
용을 몰고 아들, 여동생과 함께 대학의 오픈하우스에 참석하러 가
다가 대형사고가 났다. 동승했던 여동생은 운전 경력 17년째인 언
니가 마주 오는 차 하나 없는 한적한 길을 달리다가 무슨 조화인
지 눈 깜박할 사이에 사고가 났다면서 국제전화로 통곡했다.

그녀가 입원해 있다는 토론토 시내 병원은 주로 중증 노인 환
자들이 장기입원하는 요양원 성격을 띤 종합병원이었다. 그곳 구
석진 병실 한 귀퉁이에 놓인 의자에, 언니는 그림처럼 앉아 있었
다! 식구들이 잠시 자리를 비웠는지 혼자였다.

감정이 격해질까봐 호흡을 고르려고 잠시 멈춰 섰다. 언니의 윗

담배는 우리가 순종적인 여성이
아님을 드러내는 표식이었고,
남자들에게 '엿 먹어라' 내지르는
감자주먹이었고,
영혼을 해방시키는
해원의 깃발이었다.

입술께에 상처가 있는 것 말고는 크게 달라진 게 없어 보였다. '소문은 역시 과장되는 법이라니까.' 안도감과 함께 허탈한 기분마저 들었다. 저리 멀쩡한 사람을 두고 그토록 애간장을 졸였나 싶었다.

그러다가 흠칫 이상한 생각이 들었다. 내가 문가에 오래 서 있는데도 언니는 사람이 와 있음을 전혀 알아차리지 못했다. 앞으로 다가갔다. 여전히 꿈쩍도 하지 않았다. 언니가 아예 보지 못하는구나, 그제서야 눈치챘다.

식구들에게 들어보니 언니의 상태는 상상 이상이었다. 우선 두 눈의 시력을 완전히 상실했단다. 몇 차례나 정밀검사를 한 결과 망막에 빛이 단 1퍼센트도 통과하지 않을뿐더러 앞으로도 시력이 회복될 가능성은 0퍼센트라는 결론이 나왔단다.

잃어버린 건 시력만이 아니었다. 더 큰 문제는 차가 세 바퀴나 구르면서 뇌 세포와 신경망의 80퍼센트가 손상된 점이었다. 의료진은, 현재 환자의 지능은 한 살에서 두 살 정도 수준이다, 앞으로 1년 후까지 얼마만큼 지능과 신경 능력을 회복하느냐가 관건이다, 그 밖의 것은 과학을 뛰어넘는 기적의 차원이라고 했단다. 일단은 자력으로 음식을 먹고 배변하는 능력을 키우는 게 가장 큰 목표라고도 했단다.

세상에, 이럴 수가. 기적이 일어나지 않는 한, 서너 살 아이의 지능이 언니가 회복할 수 있는 최고 수준이라니. 그녀가 얼마나 똑똑한 사람이었던가! 얼마나 치열하게 고민하고 뜨겁게 살아온 사람이었던가. 운명의 신이 공정하다고 믿지도, 꼭 그래야 한다고 생각하지도 않던 나였다. 하지만 이다지도 분별이 없는가 싶어 원망스러웠다.

같은 여자가 화장실 문을 열어도 화들짝 놀랄 만큼 낯가림이 심했던 그녀가 자신의 똥오줌 처리를 남의 손에 맡겨야 하는 처지라니 도저히 믿기지 않았다.

허나, 이 모든 것이 영초언니가 직면한 차가운 현실이었다. 그녀의 손가락에 담배가 들려 있지 않은 것부터가 달라진 현실을 증거했다.

며칠 뒤 나는 토론토 시내 한복판에서 담배를 빼어 물었다. 그곳은 빌딩 내 흡연은 철저히 금하지만, 거리 흡연은 쓰레기통이 놓인 곳이라면 어디든 오케이였다. 금연하는 남자가 늘어나는 세계 조류를 반영하듯 쓰레기통 근처에서 담배를 피우는 사람의 7, 8할은 여자였다.

1970~1980년대 한국은 정치범만이 아니라 여성 흡연자에게도 수난의 계절, 야만의 시대였다. 폴란드 소설가 마렉 플라스코가 쓴 『제8요일』에서 연인들은 사랑을 나누기 위해 네 벽이 둘러쳐진 방을 찾아 헤맨다. 우리가 그랬다. 화장실이든, 카페든, 자취방이든, 회사 사무실이든, 일단 벽으로 가려진 곳을 찾아야만 했다. 오로지 담배 한 대를 피우기 위해.

그런 상황에 20년 넘게 길들여진 내게 사방이 탁 트인 곳에서의 흡연, 적대적이거나 경멸 섞인 시선을 의식하지 않아도 되는 흡연은 완벽한 자유고 온전한 몰입이었다. 이런 곳에서 '담배 사랑꾼'인 영초언니와 담배를 피울 수 있다면 얼마나 좋을까.

언니 정신 차려, 얼른 긴 잠에서 깨어나서 그 좋아하던 담배 좀 피워봐.

팥으로
메주를 쑨대도

광산 도시로 유명한 함경북도 무산은 내 친정아버지의 고향이
다. 고향에 젊은 아내와 어린 아들딸을 두고 인민군으로 징집된
아버지는 일진일퇴를 거듭하던 낙동강 전투에서 붙잡혀 거제도
포로수용소에 수용되었다.

적군과 아군이 분명히 나뉘어 싸운 전쟁터보다 같은 포로끼리
헤게모니 다툼을 벌이는 수용소 생활이 더 견디기 어려웠다는 아
버지. 그는 남이냐 북이냐 제3국행이냐 중 하나를 택하라고 하자
남쪽을 택했다. 우리 식구 중 누구도 그 이유를 정확히 알지 못한
다. 말수가 적은 아버지가 제대로 설명해주지 않았기에.

넓디넓은 남한 땅에 일가친척도, 친구도 없이 오로지 혼자뿐.

북쪽 끝 백두산 자락 두만강변에서 나고 자란 분이 남쪽 끝 한라산 자락 서귀포, 낯설고 물설고 기후도 정반대인 고장에서 살아가려니 얼마나 외롭고 고달팠을까. 그런 처지여서 더 애틋했던 걸까. 무뚝뚝한 성격인데도 자식들을 무척이나 사랑했다. 특히 나를 향한 사랑은 주변에서도 혀를 내두를 정도였다. 딱히 예쁜 구석도 없었고, 초등학교 3학년 때까지 특출한 데라곤 없었던 나를 아버지는 유난히 아꼈다.

지금도 또렷이 기억한다. 성당 운전사로 일하던 아버지는 나를 지프차 조수석에 태우고 공소公所+가 있는 시골 마을로 다니시곤 했다. 아버지의 취미 중 하나는 나를 무릎에 앉히고 내 손톱 발톱을 깎아주는 것이어서, 내 손톱 발톱은 자랄 새가 없었다. 내 오른쪽 가운뎃발가락은 날 때부터 발톱이 없었다. 자칫 기형이라는 자의식이 생길 만도 했지만 나는 그런 열등감을 조금도 갖지 않았다. 아버지가 늘 "우리 명숙이는 손톱 발톱 깎기가 수월해서 좋다. 아홉 개뿐이어서"라면서 마치 내가 특별한 행운아이기라도 한 듯 말씀하셨으니까. 내성적인 말더듬이였는데도 얌전하다고 칭찬했고, 훗날 까불거릴 때는 말 잘한다고 대견해하던 아버지는 요즈음 표현을 빌리자면 '딸바보'였다.

고학년으로 올라가면서부터 공부를 제법 잘하기 시작한 나는,

+   신부가 상주하지 않는 작은 성당.

돈도 '빽'도 친척도 없는 아버지에게 유일한 자랑거리였다. 술 한 잔만 걸쳤다 하면 이 술집 저 술집 순례하면서 처음 보는 술꾼들에게 딸 자랑을 늘어놓곤 했다. 좁은 읍내에서 참으로 민망하기 짝이 없는 일이었다.

"한두 번 피워본 솜씨가 아니더라"

그런 아버지 입에서 언제부터인가 딸 자랑이 쏙 들어갔다. 담배 탓이었다. 딸이 담배를 피우는 장면을 목격한 순간부터 그분은 딸에 대한 무한대의 사랑과 무조건적인 지지를 즉각 거두어들였다. 오죽하면 어머니가 "네 말이라면 팥으로 메주를 쑨다 해도 믿던 양반이 이젠 콩으로 메주를 쑨다 해도 안 믿는다"고 탄식했으랴.

암으로 몇 년째 투병중인 아버지는 내가 담배를 끊은 뒤에야 그때 일을 입에 올리셨다. "태산이 무너졌더라도 그렇게는 놀라지 않았을 거다. 그런 청천벽력이 없었다"고.

대학교 2학년 겨울방학 무렵이었다. 이미 담배 맛을 본 나는 방학을 맞아 귀향해서도 기회를 틈타 무시로 담배를 피웠다. 여건도 좋은 편이어서 부모님이 시장통 가게에서 일하는 동안 우리집은 전적으로 자유 공간, 자유 시간이었다.

사달은 그 많은 자유 시간을 놔두고 하필이면 부모님이 모두집에 있는 시각에 그분들의 공간인 안방에서 무모하게 담배를 피운 데서 비롯되었다.

그날 밤 아버지와 나는 텔레비전에서 생중계되는 세계 체조선수권대회 결승전을 보고 있었다. 고된 가게일 때문에 베개만 벴다 하면 잠드는 어머니는 벌써 꿈나라에 가 있었다. 몬트리올 올림픽 때 혜성처럼 등장해 금메달을 휩쓴 체코의 체조 요정 코마네치가 여러 종목에 출전해 깜찍한 외모와 현란한 기술로 시선을 붙들었다. 단골 흡연 장소인 마당의 재래식 화장실에 갈 틈이 없었다. 바깥에서는 날카로운 겨울바람이 창문을 두들겨댔다.

참을까 나갈까 망설이는데 갑자기 아버지가 머리를 툭 떨어뜨렸다. 끝내 쏟아지는 잠을 못 이기신 것이다. 음흉한 생각이 고개를 들었다. 확실히 해둘 속셈으로 아버지 눈앞에서 두 팔을 휘저어보니, 아무런 반응이 없었다. 됐다!

아버지가 피우다 놔둔 담뱃갑과 재떨이를 내 곁으로 살살 끌어당겼다. 매운 담배 연기가 공중으로 올라가면 잠에서 깨어나실 것 같았다. 최대한 낮고 길게 담배 연기를 내뿜어야 한다고 계산했다. 그때까지만 해도 뻐끔 담배 수준에서 머물렀던 나였다. 아버지의 숙면(?)을 위해 몸을 한껏 낮춘 채 가슴 깊이 담배 연기를 들이마시고, 폐 속에 한참 가두었다가 천천히 내보냈다. 마치 서스펜스 스릴러 영화를 찍는 기분이었다. 조마조마했지만 거사를 무사히 치러냈다.

다음날, 가게로 나갔던 어머니가 얼마 지나지 않아 허둥지둥 집으로 들어섰다. 평소 씩씩하고 낙천적인 그녀답지 않게 목소리를 떨었다. 더듬기까지 했다. "너, 너, 너, 혹시 담배 피우는 거 아니지?"

전혀 예견하지 못한 질문이었다. 어젯밤 일이 전등처럼 머릿속에 번쩍 켜졌다. 그러나 어머니의 안타까운 표정 앞에서 사실을 선뜻 인정할 수 없었다. "누가 그러는데요?" 긍정도 부정도 아닌, 애매한 되묻기로 시간을 벌려는 나.

어머니는 장사를 하다 말고 집에 달려온 사연을 속사포처럼 늘어놓았다. 네가 어젯밤 담배를 피웠다더라, 그것도 안방에서 버젓이, 한두 번 피워본 솜씨가 아니라 아주 익숙한 품이라더라, 다른 사람도 아닌 네 아버지가 보았다더라, 생사람을 잡아도 유분수지, 트집을 잡다 못해 이젠 멀쩡한 딸까지 잡는다, 그렇게 딸을 아끼더니만 그도 저도 다 소용없다.

아버지와 성격 차로 늘 갈등하던 어머니는 곧 '함경도 아바이' 타령으로 넘어갈 기세였다. 아버지가 더 누명을 쓰기 전에 이실직고하는 수밖에. 그러나 어머니의 믿음을 송두리째 배반할 수는 없기에 사실 반 거짓 반으로 대답했다.

담배 피운 건 사실이라고 시인하면서도, 내가 고3 때 변비로 심하게 고생한 거 어머니도 알지 않느냐, 변비 해소에 좋다기에 한두 번 피워봤다고 변명했다. 어머니는 아버지의 생트집이 아니었다는 점에 실망하고, 딸이 진짜로 담배를 피웠다는 사실에 놀라는 눈치였다.

다음날 어머니는 변비에 특효라는 약을 한아름 사다 내게 안겼다. "하루에 세 번이다, 알았지. 아침에 일어나자마자 냉수 한 잔씩 마시는 것도 좋다더라."

무사히 넘어가긴 했지만, 나는 오랫동안 궁금했다. 함경도 출신답게 성미가 엄청 급한 아버지가 현장을 포착하고서도 왜 못 본 척하신 걸까? 왜 다음날 어머니를 거쳐 경고하신 걸까?

술자리에서 내 이야기를 들은 후배가 즉각 명답을 내놓았다. "차마 눈뜨고 볼 수 없는 정경이어서 그러셨겠죠. 아님 헛것을 봤나 당신의 눈을 의심했을지도 모르구요."

그랬을는지도 모른다. 담배는 여자에게 해당 사항이 없는 기호품이라고 철석같이 믿었던 분, 기껏해야 술집 여자나 피우는 것으로 여겼던 분이 그토록 아끼던 대학생 딸이 담배 피우는 광경을 어찌 눈뜨고 볼 수 있었으랴.

내 후배의 어머니는 딸이 담배를 꼬나문 광경을 우연히 목격하고서는 말없이 눈물만 흘리시더란다. 그래서 후배는 매를 맞은 것보다도 더 아팠단다. 건강에 좋지 않은 기호품에 손댔다는 이유만으로 이렇듯 격렬하고 비장한 반응이 나올 리는 없다. 그만큼 여성의 흡연을 터부로 여기는 담배 이데올로기는 공고하다. 담배 피우는 딸도, 그 사실을 알게 된 부모도 연좌의 고통에 시달릴 만큼.

서럽디서러운

어머니에게는 처녀 시절부터 평생 어떤 상황에 닥치더라도 하지 않겠노라고 결심한 세 가지가 있었으니, 담배와 술 그리고 개가改嫁였다.

다소 우스꽝스러운 결의를 하게 된 데에는 어머니 나름의 사연이 있었다. 외할머니가 '호랑이 담배 피우던 시절'에 이 세 가지를 다 한 분이었고, 어머니는 그런 할머니로 인해 서럽디서러운 어린 시절을 보냈기 때문이다.

인근에서 알아줄 정도로 유별난 분이었다는 외할머니는 지금 기준으로 보자면 '자생적인 페미니스트'였다. 술은 말술, 담배는 초간(골초를 가리키는 친정어머니식 표현이다), 결혼은 세 번이나 해서 각기 성이 다른 세 남매를 둔 분이다.

지금도 눈에 선하다. 민정시찰이라도 하듯 우리집에 예고 없이 들른 외할머니가 긴 담뱃대로 놋쇠 재떨이를 땅땅 두들기거나, 한복 치마를 들추고 속고쟁이 주머니에서 궐련⁺을 꺼낸 뒤 팔각 상자 유엔 성냥을 찾아 두리번거리던 모습이. 어린 시절 나는 머리칼 한 올 흩어지는 법 없고 손끝으로 장롱 위 먼지까지 검사하는 깔끔한 분이 저 지저분한 것은 왜 피우시나, 도통 이해되지 않았다.

⁺   권련卷烟이 변한 말. 종이로 만 담배.

내 후배의 어머니는 딸이 담배를 꼬나문 광경을 우연히 목격하고서는
말없이 눈물만 흘리시더란다. 그만큼 여성의 흡연을 터부로 여기는
담배 이데올로기는 공고하다. 담배 피우는 딸도, 그 사실을 알게 된
부모도 연좌의 고통에 시달릴 만큼.

어머니는 그런 '나쁜 어머니'를 절대 닮지 않겠다는 것을 인생의 목표로 삼고 평생을 살았으니, 당신의 희망이던 딸이 담배를 피운다는 사실을 받아들이고 싶었겠는가. 그래서 아귀가 안 맞는 딸의 거짓말을 짐짓 믿는 척하셨는지 모르겠다(갖은 세파를 헤쳐온 시장통 아줌마가 대학생 딸의 서투른 거짓말에 넘어갔을 리는 없다). 내게 변비약을 떠안긴 것은 그렇게라도 딸에게 믿음의 부담을 주고 싶어서였는지도 모른다.

그러나 어머니에게 더는 숨길 수 없는 상황이 찾아왔다. 직장생활을 하던 내가 예정에 없던 둘째아이를 갖게 되자 어머니는 아예 우리집으로 옮겨 오셨다. 한집에서 지내다보니 자연 나의 흡연실상도 적나라하게 드러날 수밖에. 처음에는 꼭꼭 숨어서 피우다가, 날마다 그럴 수는 없는 일이어서 서로 그 현장을 피해 가는 선에서 절충점을 찾았다. 딸이 뭔가 마려운 눈치이면 어머니가 슬그머니 자리를 뜨거나, 내가 알아서 방으로 들어가는 식이었다.

세월이 흐르면서 어머니는 방관자에서 소극적 협조자로, 소극적 협조자에서 적극적 협조자로 바뀌었다. 한밤중에 원고를 쓰다가 담배를 찾아 집안 구석구석을 뒤지고 다니면, 어머니는 어디에서라도 담배를 찾아내셨다. 비상시를 대비해 미리 여투어두었다가 "짠~" 하고 보란듯이 내주시기도 했다.

하지만 아무리 뒤져도 담배 한 개비 안 나오는 때가 있기 마련. 게으른 딸은 한밤중에 밖에 나가기 싫어 그냥 버텨보겠노라고, 맘에 없는 소리를 내뱉는다. 허나 어머니는 안다. 당신의 딸이 궁하면 자기가 버린 꽁초까지 쓰레기통에서 뒤지는 지독한 중독자인 것을, '후' 하고 내뿜는 담배 연기가 딸에게 얼마나 큰 위안이 되는가를.

한동안 어머니 모습이 보이지 않는다. 미안함과 기대감이 교차한다. 아니나 다를까, 어머니는 "어이구 내 팔자야. 처녀 때 친정어멍 담배 심부름한 것도 모자라서 늙어서는 딸내미 담배 심부름까지 하다니." 쥐어박는 말과 함께 담뱃갑을 쑥 내미신다. 얼마 전에야 어머니가 딸의 담배 심부름을 자청한 이유를 길게 털어놓았다.

"친정어머니만 피운 게 아니라, 어릴 적 날 길러준 큰어머니도 담배를 무척이나 좋아하셨다. 그 양반, 참 점잖고 배울 점이 많은 분이었는데 이상하게도 담배에만은 절절 매시더라. 담배가 영 궁할 적에는 인동꽃⁺대를 꺾어서라도 피우셨다. 아흔넷에 자다가 돌아가실 때까지 하루 담배 한 갑을 거른 날이 없었지. 명이 짧은 집안에서 종가 살림살이를 혼자서 다 수습할 만큼 대단한 분인데 담배만은 못 참으시니 참 지독한 물건인가보다 생각했었단다. 그런데 너처럼 심지가 약한 애가 어찌 참겠냐."

그만하면 수십 년 계속된 위아래 담배 수발이 지겨울 법한데도 어머니는 내가 금연을 선언할 때마다 "하지도 못할 일에 괜히 힘

⁺   봄철 제주도 보리밭 돌담가에 하얗게 피는 꽃. 말리면 노랗게 되는데 종이에 말아서 담배 대용으로 피우기도 했다.

빼지 말고 조금씩 줄이기나 해라" 뜯어말렸다. 지독한 금단현상
에 시달릴세라, 금연이 깨지고 나면 더 좌절할세라 지레 걱정하신
것이다.

쌍권총 찬 아들과
마술 부리는 여친

덜렁대고 참을성 없는 성격 탓에 시댁에도 일찌감치 흡연 사실을 들켰다. 장래의 시어머니가 나의 끽연을 목격하는 참상(?)이 벌어진 건 대학 3학년 여름께, 내가 그의 단순한 이성 친구에서 '여친'으로 넘어갈락 말락 한 시점이었다.

대학 신문사를 앞서거니 뒤서거니 그만둔 우리는 구로동 노동 야학에서 선생님으로 함께 일했다. 어느 날 우리는 야학 수업을 끝낸 뒤에 강의안을 만들 곳을 찾다가 가까운 그의 집으로 가기로 했다. 계획에 없던 즉흥적인 방문이었다.

인상이 얌전하고 체격이 호리호리한 중년 부인이 반갑게 맞아 주셨다. 뒷날 안 일이지만 여자친구를 한 번도 집에 데려간 적이 없어서 무조건 반가웠더란다. 그분이 과일을 깎으러 부엌으로 간 사이에 내심 긴장했던 나는 재떨이부터 찾았다. 그는 당혹스러운 표정으로 자기 집 식구들은 아버지를 비롯해 형제 모두가 담배를 피우지 않아서, 자기도 집에서는 피우지 않는단다. 허나 한번 빼어든 칼을 칼집에 도로 넣을 내가 아니었다. 그건 당신네 집안 사정이고 나는 손님이므로 피워야겠다고 고집을 부렸다.

아쉬운 대로 화장지를 둘둘 말아 거기에 재를 떨기로 하고 한 대 피워 물었다. 그러자 절대로 집에서는 안 피운다던 남자친구도 유혹을 느꼈는지 덩달아 한 대 쓰윽 피워 무는 게 아닌가. 어라, 싶으면서도 말리지 않은 게 내 불찰이었다.

그때 방문 밖에서 "과일이 별게 없네" 하는 어머니의 목소리가 들렸다. 노크 삼아 하신 말씀이었다. 당황한 나는 그에게 피우던 담배를 얼른 넘겨주었다. 비밀 조직의 스파이들이 문건을 전달하듯. 이미 빨아들인 연기는 폐 속 깊숙이 가두었다. 그렇게 해서라도 위기의 순간을 넘길 작정이었다.

그러나 어머니가 건네는 과일 접시를 받아드는 순간, 내 인사성이 그만 산통을 깨고 말았다. "아이고, 감사합니다." 말이 떨어짐과 동시에 하얀 연기가 입안에서 밀려나왔다. 어머니가 보기에는 그야말로 황당 엽기였으리라. 양손에 담배를 든 아들과 입에서 꾸역꾸역 연기를 토해내는 여자친구라니! 지금 돌이켜보아도 얼굴이 뜨뜻해지는 장면이다.

그러나 그분의 내공은 실로 깊었으니, 아무것도 보지 못한 것처럼 침착하게 방을 나가셨다. 그 집안의 며느리가 되는 과정에서도, 며느리가 된 후에도 그 사건은 일절 거론되지 않았다.

"야야, 장갑은 어디 뒀노?"

지지고 볶는 8년 연애 끝에 남자친구와 나는 1984년 6월 결혼식을 올렸다. 웨딩드레스 차림으로 동네 미장원에서 싸구려 신부화장을 끝내고 교회로 출발하기 직전, 담배를 찾았다. 이제부터 예식이다, 폐백이다, 뒤풀이다 해서 한동안 담배를 피우지 못할 것이므로. 신부 들러리를 자청한 내 친구는 내게 '마지막 담배'를 건넸고, 우리 둘은 열심히 수다를 떨면서 담배를 피웠다. 그러느라고 들러리는 신부에게 흰 장갑을 건네는 걸 깜박했고, 나는 흡연 뒤에 보무도 당당하게 결혼식장에 들어섰다.

맨손으로 부케를 들고 입장할 때에도 뭐가 잘못되었는지 몰랐다. 목사님 앞에 서서 결혼 서약을 위해 성경에 손을 얹으면서야 비로소 깨달았다. 성경 위에 놓인 새신랑의 손은 새하얗지만, 그 위에 얹어진 내 손은 누렜다. 들러리 친구가 원망스러웠지만, 이미 엎질러진 물. 아무도 신경쓰지 않기를 바랄 수밖에 없었다.

하지만 시어머니는 눈썰미가 유난히 좋은 분이었고, 게다가 신랑 신부와 가까운 곳에 앉아 계셨다. 폐백이 다 끝난 뒤에야 시어머니는 슬쩍 내 귀에 대고 물어보셨다. "야야, 흰 장갑은 왜 안 끼었드노?"

첫아이가 학교에 들어가기 직전, 직장 나가는 며느리를 대신해 아이를 맡아주었던 그분은 막 퇴근한 며느리에게 미간을 살짝 찡그리면서 말씀하셨다. "둘째야, 회사 사람들이 무신 담배를 그리 많이 피우노? 니 머리칼에고 옷에고 담배 냄새가 꽉 뱄구마."

'이 기회에 자수해서 광명을 찾아? 말아?' 잠깐 망설였지만 그 이후의 후폭풍을 감당할 자신이 없었다. "기자들이 원래 담배를 많이 피우잖아요. 좁은 회의실에서 어찌나 피워대는지 저도 반은 피운 것 같다니까요."

흡연 여성에 대한 편견이 유죄이지 내가 유죄이겠는가.

캐나다
성화 봉송 대작전

특별한 풍광 앞에 서면 사진광들은 기념사진을 찍지만 흡연자들은 담배를 빼어 문다. '기념 담배'라고나 할까.

그런가 하면 다급하고 절박한 상황에서도 골초들은 담배를 찾는다. 마음을 가라앉히고 생각할 시간을 얻기 위해서. 사형수가 마지막 담배를 찾는 심경과 비슷하리라.

외국의 낯선 도시에서 오밤중에 두 시간 가까이 헤매고 추위에 떤 적이 있었다. 특이한 장소에서 절박한 상황을 만났으니, '담배 마려운' 경우가 한꺼번에 겹친 셈이었다.

이 책 첫머리에 언급한 캐나다 여행 때 생긴 일이다. 캐나다에 간다는 말을 듣고 제주도에 사는 친정언니가 자기도 꼭 가보고 싶었다면서 따라가겠다고 했다. 꼼꼼한 언니답지 않은 즉흥적인 제안에 놀랐다. 형부가 하늘나라로 가신 지 1년 남짓. 짝 잃은 허전함 때문인 것 같아 선뜻 그러자고 해놓고도 걱정이 되었다. 언니와 나는 성격과 취향이 너무 달라서 그리워하다가도 만나면 이내 투닥거리곤 했다. 더구나 언니는 담배를 맹렬하게 싫어했다. 해외에서 열흘이나 붙어 지낸다는 건 여러모로 모험이었다.

해프닝이 벌어진 곳은 토론토 인근 소도시 웰링턴이었다. 캐나다에서 사는 고등학교 동창에게 전화를 걸었더니 반갑다고 난리였다. 나이아가라 폭포에서 가깝다기에 관광 겸 친구 집에서 하루 묵기로 했다. 캐나다를 떠나기 전날에야 짬이 생겨 나이아가라로 출발했다.

그런데 이게 웬일인가. 나이아가라 폭포에서 전화했더니 마중 나오겠다던 친구가 하필이면 차가 고장나서 꼼짝 못 한다면서, 주소를 불러주더니 택시로 찾아오란다. 겨우겨우 폭포에 파견 나온 경찰에게 부탁해 택시를 불렀는데 대절 택시비가 장난이 아니었다. 시골 구석구석까지 대중 교통망이 거미줄처럼 발달한 대한민국이 새삼 그리웠다. 아, 사랑하는 나의 조국이여.

그러나 그곳에 가까이 갈수록 마음이 밝아지기 시작했다. 백년이 넘었음직한 아름드리 단풍나무들, 멀리 보이는 바다보다 넓어 보이는 호수, 저마다 개성적이면서도 한데 어우러져 조화를 이루는 아담한 전원주택들. 친구가 사는 곳은 평화롭고 아늑해 보였다. 절로 마음이 설레었다. '내일 새벽 여기까지 조깅을 나와야지' 하고 생각했다.

그 계획을 입 밖으로 내놓지 못한 데에는 다 이유가 있었다. 금연을 여러 차례 시도하면서 나는 조깅에 취미를 붙였는데, 토론토에 와서도 새벽 조깅을 하다가 벌써 두 번이나 길을 잃어버린 전력이 있었다. 조깅 이야기를 꺼냈다가는 언니로부터 날벼락이 떨어질 게 뻔했다.

"이 판국에도 담배 생각이 나냐?"

친구와 만나 이야기꽃을 피우다가 자정이 넘어서야 잠자리에 들었다. 캐나다에서 마지막날이라는 아쉬움 때문이었을까. 눈을 떠보니 새벽 3시도 채 못 된 시각이었다. 4시까지는 눈을 붙여야지 했지만 다시 잠이 오지 않았다. 석양 무렵에 본 호숫가 정경이 눈에 아른거렸다.

살며시 몸을 일으켜 머리맡에 놓아둔 옷들을 어둠 속에서 대충 챙겨 입고 방을 나서려는데 언니의 쇳소리가 꼭뒤를 붙잡았다. "오밤중에 어디 가냐? 설마 아직도 정신 못 차리고 조깅인지 산책인지 나가려는 건 아니겠지?"

아, 틀렸구나 싶었는데 언니가 한마디 더 보탰다. "꼭 가겠다면 이번엔 내가 따라 나설 거야. 너 나간 뒤 마음 졸이며 기다리는 거 지긋지긋하다." 불감청이언정 고소원이었다. 눈썰미 있고 강단 있는 언니가 동행한다면 길 잃을 염려 없고 무슨 일이 생기더라도 든든할 것 같았다. "그럼 그럴까?"

포기하지 않을 분위기를 감지한 언니는 졸린 눈을 비비며 주섬주섬 옷을 챙겨 입었다. "미친년! 하여간 너 땜에 못산다니까. 담배에 미치더니 이번엔 운동에 미쳐갖고서리"라고 투덜댔다.

살금살금 1층으로 내려와 현관을 빠져나온 우리는 밤고양이같이 눈을 빛내면서, 동화책 속 삽화처럼 뾰족 지붕의 집과 핼러윈 축제를 기념하는 해골 장식과 호박이 마당에 즐비한 집과 도로표지판을 기억회로에 입력하면서 걸어갔다. 언니도 막상 바깥에 나오니 기분이 나아졌는지 내게 농담을 건네고 깔깔거리기도 했다.

그런데 곧 나타날 것 같았던 호수는 아무리 걸어도 보이지 않았다. 캐나다의 11월은 한국에서 상상했던 것보다 훨씬 추웠다. 게다가 하루 중 기온이 가장 낮다는 미명未明 무렵이었다. 걷다보면 추위도 가시는 법인데 걸을수록 한기가 느껴졌다.

이쯤에서 돌아가자 합의하고 되짚어 걷기 시작했다. 그런데 참으로 해괴한 일이었다. 오던 길에 랜드마크로 점찍어둔 집들은 물론 기억회로에 저장해둔 도로표지판도 나타나지 않았다. 철석같이 믿었던 언니마저 헷갈리는 기색이 뚜렷했다. 운전을 10년 넘게했다고 그녀를 과신한 게 잘못이었다. 그제서야 언니는 자기도 길치, 방향치라고 고백했다.

　이런 낭패가 있나. 우리집 전화번호도 가끔 잊어버리는 내가 겨우 두어 번 통화한 친구의 전화번호를 기억할 리 만무했다. 하기야 기억한다고 해도 쓸모가 없었다. 공중전화부스나 파출소는 눈을 씻고 찾아도 없었다.

　갑자기 머릿속이 하얗게 탈색되면서 담배 생각이 간절했다. 담배 한 대만 피우면 살을 파고드는 추위도, 이 황당한 상황도 다 견딜 수 있을 텐데. 담배만이 그 순간 유일한 생명줄처럼 여겨졌다. 이판사판 언니에게 어렵사리 운을 떼었다. "언니 미안해. 나 담배 한 대만 피우고 싶어."

　언니는 뜻밖에 관대했다. "그래라. 먹고 죽은 귀신이 때깔도 좋고, 죽은 사람 소원도 들어주는데 산 사람 소원을 어쩌겠냐." 최후의 순간을 맞은 사형수에게 마지막 담배를 허락하는 간수 같았다. 그러면서도 쥐어박는 말을 빠뜨리지 않았다. "담배가 고질은 고질이다. 이런 판국에도 어쩜 담배 생각이 난다니."

　정작 문제는 언니의 허락이 떨어지고 난 뒤였다. 라이터 기름이 다 떨어졌는지 불꽃이 가물거렸고, 그마저도 차가운 북풍에 힘없이 꺼지고 말았다. 언니는 자기 점퍼로 바람을 막고, 나는 언니의 품에 안겨 필사적으로 불을 붙이려고 했지만 번번이 허사였다. 그러나 한번 불붙은 흡연 욕망은 어떤 장애물 앞에서도 꺼지지 않았다.

언니가 갑자기 주머니를 뒤지더니 일회용 휴지를 꺼내 돌돌 말아서 라이터 불구멍에 들이댔다. 그토록 고대하던 불길이 종이에 옮겨붙었다. 그러나 나는 담배 피울 생각에 흥분한 나머지 겨우 붙은 불길을 콧김으로 꺼뜨리고 말았다. 언니는 기막히다는 듯 날 노려보면서도 결코 포기하지 않았다. 그녀는 마지막 남은 휴지 한 장에 정성껏 불을 붙였다. 어떤 성화 채화식이 그보다 경건했을까. 나는 그것을 조심스레 건네받았다. 드디어 빨갛게 타들어가는 담배! 성화 봉송 릴레이에 성공한 것이다. 언 몸이 녹아내리면서 나는 불운 속에서도 잠시 행복했다.

그 사건은 내게 많은 상념을 불러일으켰다. 야무지고 생활력 강한 언니는 제주도 여자의 전형이었다. 식료품 가게 일 도우랴, 동생들 뒤치다꺼리하랴, 늘 눈코 뜰 새 없이 바빴지만, 동생인 나는 모르쇠로 책만 들여다보았다. 그것도 교과서가 아니라 소설책이나 만화책을. 언니는 동생들 때문에 상급 학교 진학도 포기했는데, 정작 육지의 사립대학에 유학한 동생은 데모다 흡연이다 미운 짓만 골라서 했다.

그런 동생에게 담배라면 질색팔색하는 언니가 담뱃불을 붙여주려고 무진 애를 쓴 것이다. 그날 얼어붙은 내 심장을 훈훈하게 덥혀준 건 담뱃불이 아니라 언니의 따뜻한 사랑이었는지도 모른다. 그동안 쑥스러워서 입 밖으로 꺼내지 못한 말을 전하고 싶다. "언니야, 사랑해."

우리 자매 사이에 이 사건은 '캐나다 봉홧불 사건'으로 통한다.

그러고 보면 담배 덕분에 행복한 순간도 더러 있었다.

2부

아름다운 여자들의
연煙애담

혼자가 되고 싶었던
퍼스트레이디들

만인의 가슴을 뒤흔들었던 여자, 죽은 뒤에도 살아 움직이는 여자, 화려한 인생을 살았지만 지극히 외로웠던 여자. 최고 권력자와 최고 부자의 아내였지만 혼자일 때가 더 행복했다는 여자. 미국 역사상 가장 많은 사랑을 받은 퍼스트레이디, 재클린 케네디 오나시스(1929~1994).

그녀의 이지적이고 개성 있는 외모, 경쾌하되 기품을 잃지 않는 행동거지, 커다란 선글라스나 민소매 원피스 같은 단순한 아이템조차 특별한 것처럼 보이게 만드는 패션 감각은 '재키룩'이라는 신조어를 만들어냈다. 뛰어난 패션 감각으로 대중의 사랑을 받았다는 점에서 비극적인 죽음을 맞은 다이애나 왕세자비가 간혹 재키와 비교되곤 하지만, 개성과 카리스마에서는 재키를 도저히 따라가지 못한다. 재키는 수많은 사람들의 삶과 사고방식에 영향을 준 보기 드문 퍼스트레이디였다.

그런 재키에게도 평생 남에게 숨겨야만 했던 비밀이 있었으니, 다름 아닌 담배라는 존재였다. 재키는 일찌감치 애연가의 길로 들어섰다. 그녀의 친정어머니는 골초에다 손톱을 물어뜯는 습관을 갖고 있었다고 한다. 재키도 이 두 가지 버릇을 다 갖고 있었다니 모전여전이었던 셈이다. 결혼 전 한때를 여성 흡연에 비교적 관대한 유럽에서 보낸 것도 그녀에게 영향을 미쳤던 것 같다.

재키가 자신의 흡연을 필사적으로 감추려 한 배경에는 미국 상류사회의 분위기가 크게 작용했다는 것이 전기작가 크리스토퍼 앤더슨의 분석이다. '와스프WASP'(앵글로색슨 계열의 백인 신교도)가 주류를 이루는 미국의 상류사회는 자유롭고 개방적인 중하류층과 달리 절제를 미덕으로 여긴다. 보수적인 면이 강하고 심지어 가부장적이기까지 하다. 재키는 뉴욕의 명문가인 프랑스계 보뷔르 가문에서 태어나 백만장자인 의붓아버지 밑에서 자라났다.

그런 성장 배경을 가진 재키는 담배를 좋아하면서도 공공장소에서 담배 피우는 것을 숙녀답지 않게 여겼다고 한다. 게다가 결혼해서 미국 최대의 명문가인 케네디 집안으로 들어가 퍼스트레이디가 됨으로써 족쇄가 더 늘어났다. 그녀는 백악관에 있는 동안 단 한 번도 담배 피우는 모습을 사진 찍힌 적이 없었다. 자발적으로든, 실수로든. 그만큼 완벽한 보안을 유지했다는 이야기다. 전기 작가는 증언한다. '그녀는 진짜 골초였지만 담배를 피우는 모습은 거의 목격되지 않았다.'

그렇다면 재키가 담배를 워낙 적게 피운 게 아닐까? 정반대다. 전기 작가나 언론은 한결같이 그녀가 '체인 스모커'였다고 전한다. 좋아하던 담배는 살렘. 흡연량은 하루 두 갑에서 세 갑 사이였다는 것이 중론이다. 남편 케네디의 끊이지 않은 바람기와 아이를 둘이나 조산으로 잃은 스트레스 또한 그녀의 흡연을 부추겼으리라. 그녀의 오른손 검지는 담뱃진으로 누렇게 변색되어 있었다고 한다.

1975년 두번째 남편인 선박왕 오나시스가 세상을 떠나자 재키는 뉴욕으로 돌아가 바이킹 출판사의 편집위원으로 출판일에 열정을 쏟았다. 뒤늦게 자신이 진정으로 바라던 일을 하게 된 것이다. 당시 뉴욕 시민들은 가끔 빛바랜 청바지나 구겨진 코트를 입고 스스럼없이 거리를 활보하는 재클린을 보는 행운을 누렸다고 한다.

그러나 야속한 운명은 자신을 따라다니던 카메라 앵글에서 벗어나 모처럼 행복을 누리는 그녀를 내버려두지 않았다. 의사로부터 '바흐치킨 림프종'이라는 폐암 계통의 병에 걸렸다고 통보받은 것이다. 그녀는 담배가 건강에 치명적이라는 의사의 경고를 받고서도 단호하게 끊지 못하는 자신을 부끄러워한 나머지 대부분의 시간을 자기 방에 틀어박혀 보냈다고 한다. 은막의 스타보다 더 사랑받았던 그녀가 영화보다 더 드라마틱한 삶을 마감한 것은 1994년이었다.

죽기 직전 그녀는 한 방송 인터뷰에서 "나는 혼자 있을 때 가장 행복했다"고 털어놓았다. '혼자'라는 말은 실존적인 의미를 담은 표현이었겠지만, 흡연자인 내게는 '혼자 담배를 피울 때'라는 의미로 다가왔다.

담배와 연루되는 것을 끔찍이도 기피했던 재키. 하지만 담배와의 인연은 사후에도 끈질기게 이어졌다. 그녀가 죽은 뒤 평소 그녀가 아끼던 물건들이 소더비 경매에 부쳐졌다. 명품 애호가로 알려진 재키의 소장품 가운데서도 최고가로 낙찰된 소장품은 놀랍게도 'J'라는 이니셜이 새겨진 듀퐁 라이터였다. 뚜껑을 열면 종소리처럼 아름답게 '텅' 소리가 나는 듀퐁 라이터는 애연가라면 누구나 갖고 싶어하는 명품. 재키의 검정색 라이터는 듀퐁사 제품 중에서도 단연 최고로 꼽히는 것이었다.

수집가들은 소장품이 지닌 사연에 주목한다. 애연가 재키의 손길에 닿은 라이터였으니 그만큼 값어치도 올라갈 수밖에.

수포석 물부리를 좋아했던 명성황후

우리나라 퍼스트레이디 중에도 애연가가 있었으니, 바로 명성황후(1851~1895)이다. 재클린이나 명성황후나 둘 다 독특한 개성을 지닌 여성이었지만, 걸은 길은 달랐다. 재클린이 패션과 문화에 관심이 많았다면, 명성황후의 관심은 정치와 권력에 있었다.

국력이 기울 대로 기울어 겨우 명맥을 이어가면서도 '암탉이 울면 집안이 망한다'고 여성을 억압하던 구한말. 그녀는 외척이 득세할 가능성이 없는 보잘것없는 가문 출신이라는 이유로 간택된 처지였는데도, 친정 오라비들을 통해 정치적 영향력을 발휘했다. 자고로 여자는 있는 듯 없는 듯 그림자처럼 있어야 한다고 믿었던 시대. 그런데도 그녀는 사자 같은 주변 열강, 범 같은 시아버지, 무기력하고 소심한 남편 틈에서 '주제넘게' 자신의 정치적 견해를 내세웠다. 당시 기준으로 보자면 한마디로 '위험한 여자'였다.

그런 명성황후가 담배를 피웠다는 사실은 공식 기록에 나와 있지 않다. 그러나 야사野史에 전해지는 바로는 둘째가라면 서러워할 애연가였던 것 같다.

조선조 말 풍속사와 야사에 정통했던 극작가 이서구씨가 1968년 월간 〈엽연초葉煙草〉[+]에 쓴 「옛 담배」라는 글을 보면 명성황후는 흡연에서도 독자 노선을 걸었던 것 같다. 이서구씨에 따르면, 명성황후는 여송연呂宋煙[++]에 탐닉한 고종, 순종 부자와 달리

[+]   엽연초는 썰지 않은 담배, 즉 잎담배를 말한다.
[++]   담뱃잎을 돌돌 말아서 만든 담배. 엽궐련, 시가cigar.

죽기 직전 그녀는
한 방송 인터뷰에서
"나는 혼자 있을 때 가장 행복했다"고
털어놓았다.
'혼자'라는 말은 실존적인 의미를
담은 표현이었겠지만,
흡연자인 내게는
'혼자 담배를 피울 때'라는
의미로 다가왔다.

궐련을 즐겨 피웠다고 한다. 그것도 반드시 물부리(빨부리)에 꽂아 피웠는데, 물부리는 수포석水泡石[+]으로 만들어 밀화(호박 보석의 일종)로 장식한 것을 애용했다고 한다. 검정색 듀퐁 라이터만 고집했던 재클린을 연상케 하는 호사가 아닐 수 없다.

한국담배인삼공사에서 펴낸 『한국전매사』에도 명성황후와 이범진이 담배로 맺어진 인연이 상세하게 소개되어 있다. 이범진은 '아관파천'을 주도했던 인물로 한일합병 이후 망명지 러시아에서 자결한 구한말의 풍운아. 포도대장 이경하의 아들로 태어났지만 과거시험을 치를 자격이 없는 서자 출신이어서 명성황후의 보디가드로 대궐에 들어갔다. 황후 곁에서 처음 한 일은 담뱃대에 불을 붙여드리는 일. 그러나 워낙 명민한 인물이어서 황후의 총애를 받기에 이르렀다. 서얼이었지만 부친의 입김으로 고종 16년(1879년)에 치러진 식년시에 응시해 합격했고, 몇 해 뒤에는 성천부사로 나가게 되었다. 공교롭게도 성천은 담배 보급 단계에서 알아주던 잎담배의 명산지. 그는 그곳에서 생산되는 양질의 잎담배 중에서도 가장 좋은 것만을 골라 기사미[++]를 만들어 자신을 총애하던 명성황후께 진상했다. 황후는 그가 보낸 담배를 피우면서 "범진이가 나를 잊지 않고 있구나" 하며 무척 즐거워했다고 한다.

[+]   화산 용암이 식어서 된, 구멍이 숭숭 난 가벼운 돌. 부석浮石.

[++]   기사미다바코刻煙草. 아주 잘게 썬 고급 잎담배.

애연가에게 담배는 그 사람을 특징짓는 아이콘이다. 여송연을 입에 물지 않은 처칠, 파이프를 들지 않은 프로이트는 상상하기 힘들다. 기쁠 때나 슬플 때나 외로울 때나 그들은 그 말없는 친구와 무언의 대화를 나눈다.

명성황후처럼 극적인 고비를 여러 번 맞은 사람도, 지독한 외로움에 내던져졌던 인물도 찾기 힘들다. 드라마나 뮤지컬에 등장하는 명성황후가 수포석 물부리를 물고 있다면 그녀의 아픔과 고뇌가 더 진하게 전달되지 않을까.

김일성 앞에서 담배 피운
'간 큰 여자'

북한은 사회주의라는 한 가지 잣대만으로는 해독하기 어려운 국가다. 사회주의 시스템을 채택하고 있으면서도 유교적 가부장 문화가 온존하는 국가가 바로 북한이다.

1999년 금강산 관광길에 만난 한 여성 안내원에게 북한에서는 여자도 다들 바깥에서 일하는데, 그러면 집안일은 어떻게 분담하느냐고 물었다. 그녀는 별 이상한 소리를 다 듣겠다는 표정을 지었다. 묻는 뜻을 다시 설명하자 "남자 하는 일과 여자 하는 일이 엄연히 다르지 않습네까? 힘쓰는 일이라면 몰라도 집안일은 여자가 해야디요. 밤을 패가면서 하면 못 할 게 뭐 있습네까"라는 대답이 돌아왔다.

여남평등과 남녀유별이 동시에 존재하는 북한 사회에선 담배에 여남평등 코드가 적용될까, 남녀유별 코드가 적용될까. 정답은 후자後者다. 북한의 성인 남성 흡연율은 세계 평균을 훨씬 웃돈다. 군복무 기간이 워낙 긴데다 담배를 무상으로 배급받다보니 중증 흡연자가 자연 많은 것이다. 그러나 여자의 경우는 정반대다.

권위주의 체제일수록, 전쟁을 수행하는 사회일수록, 가부장 문화가 지배하는 사회일수록 여성 흡연을 금기시한다는 분석이 있다. 북한이야말로 이 세 가지 요소를 두루 갖춘 사회 아닌가. 북한을 여러 차례 방문했고 북한 사람들과 자주 접촉하는 대북 사업가의 말이다.

"사회주의 국가여서 여성의 사회 참여는 무척 활발한 편이지만 여자는 어디까지나 여자다워야 한다는 관념 또한 강해요. 개인적인 측면에서는 대단히 보수적이지요. 그곳에서 여자가 담배 피운다는 건 상상도 할 수 없는 일이지요. 거기에 있는 동안 여성 흡연자를 본 적도, 그네들에 대해 들은 적도 없습니다."

"나야 본디 고래니까"

그런 북한 땅에서, 더군다나 국가적 가부장인 '어버이 수령' 앞에서 당당하게 담배를 피운 간 큰 여성이 있었다. 재미 언론인 고故 문명자씨(미국 이름 줄리 문)가 그 주인공이다.

문명자씨는 국내보다는 국제 사회에서 더 유명한 언론인이자 특이한 이력의 소유자다. 경북 금릉 출신인 그녀는 6·25가 터지던 해 숙명여고를 졸업하고, 1955년 일본 메이지 대학 상학과를 졸업한 당대의 엘리트. 한일 간에 국교가 없던 시절이었는데도, 외무부까지 쫓아다닌 어머니의 극성에 힘입어 일본으로 유학을 떠날 수 있었다.

문명자씨는 〈조선일보〉 초대 주미 특파원으로 활동할 때 박정희 정권을 비판하는 글을 자주 써 정권의 미움을 받았고, 중앙정보부의 공적 1호로 찍혀 오랫동안 국내에 들어오지 못했다. 그러다 보니 자연스레 국내 언론보다는 외국 언론을 활동 무대로 삼게 되었다. 일본과 미국 언론이 그녀의 주무대였다.

그녀는 국제사회의 폭넓은 인맥과 맹렬한 기자 근성으로 독보적인 취재 영역을 개척했다. 한반도 문제도 그중 하나였다. 그녀가 역사적인 제1차 남북 고위급회담을 취재하기 위해 북한을 방문한 것은 1990년. 그때 김일성 주석과 처음 독대했는데, 세계 최대의 뉴스 메이커와 자기주장이 분명한 여성 언론인이 만난 것이다. 두 사람의 교유는 김주석이 사망할 때까지 지속되었다.

그녀는 김주석 사망 이후 북한의 최고 지도자로 떠오른 김정일 국방위원장과 처음으로 인터뷰하는 데도 성공했다. 세계적인 특종을 건져올린 것이다. 베일에 싸인 김정일을 궁금해하던 서방 언론인들이 간접 취재라도 하기 위해 그녀에게 벌떼처럼 달려들었다. 기자가 기자들의 취재 대상이 되는 보기 드문 일이 벌어진 것이다. 서방 기자들이 그녀에게 가장 많이 던진 질문은 "두 지도자는 무엇이, 어떻게 다른가?"였다.

다시 담배 이야기로 돌아가보자. 다음은 미국에 거주했던 문명자씨가 생전에 국제전화로 확인해준 당시 상황이다.

"나야 본디 고래(골초를 그녀는 이렇게 표현했다)니까. 김일성 주석을 처음 만나자마자 '난 담배를 피웁니다. 죄송하지만 인터뷰하려면 좀 피워야겠습니다'라고 말했지. 김주석도 골초였지만 의사의 권유로 담배를 끊고 있었거든. 김주석은 내게 괜찮다고, 태우시라고 그럽디다. 그 양반 키가 크잖아요. 일어서서 허리를 구부려 라이터로 담뱃불까지 붙여줍디다. 김정일 위원장과 시골 별장에서 단독 인터뷰할 때도 마찬가지였어요. 자기는 담배를 피우다 끊었다기에, 난 고래라서 피워야 합니다, 그랬지 뭐. 자기 아버지가 말했던 것처럼 괜찮다고, 태우시라고 그럽디다."

문명자씨는 20대부터 담배를 피워왔다. 하루 두 갑 꼴로 피우던 담배를 노년에는 건강 때문에 많이 줄였다. 하지만 '영원한 현역 기자' 줄리 문은 파란만장한 삶을 마치기 불과 몇 년 전까지도 담배를 가장 친한 벗으로 꼽았다.

"나야 본디 고래(골초를 그녀는 이렇게 표현했다)니까. 김일성 주석을 처음 만나자마자 '난 담배를 피웁니다. 죄송하지만 인터뷰하려면 좀 피워야겠습니다'라고 말했지. 김주석도 골초였지만 의사의 권유로 담배를 끊고 있었거든. 김주석은 내게 괜찮다고, 태우시라고 그럽디다."

한 손엔 붓을,
한 손엔 담배를

영화나 텔레비전 드라마에서 이야기 전개나 주제에 관계없이 흡연 장면을 자주 집어넣는 건 잘못된 일이다. 하지만 그 반대도 마찬가지다. 실존 인물을 다룬 전기 영화에서 주인공이 애연가인데도 다른 걸 고려해서 흡연 장면을 생략하거나 배제한다면 '주인공을 두 번 죽이는 일'이다. 사실을 왜곡하는 것일뿐더러 그 인물의 캐릭터를 제대로 살려내지 못하기 때문이다.

2003년 몇몇 영화관에서 개봉된 영화 〈프리다〉는 예상만큼 관객이 들지 않아 일찍 막을 내렸지만, 의미와 재미를 아울러 느끼게 만든 좋은 영화였다. 영화의 완성도를 놓고서 일부에서는 너무 산만해서 지루하다는 혹평도 나왔다. 그러나 페미니스트 화가 프리다 칼로의 고통과 열정, 사랑과 그림이 전부였던 삶의 궤적을 좇는 것만으로도 관람료가 아깝지 않았다. 게다가 다른 영화 출연도 미루면서 프리다 칼로 역에만 전념한 셀마 헤이엑의 몸을 던진 연기, 아카데미 음악상을 받은 정열적인 라틴풍 음악, 불타오르듯 강렬한 멕시코풍 색채가 눈과 귀를 두루 즐겁게 해주었다.

낭만적이고 예술적인 취향을 지닌 유대계 사진사 아버지와 현실적이고 엄격한 어머니 사이에서 태어난 프리다. 여섯 살 때 소아마비를 앓으면서 다리를 저는 불운을 맞지만 그건 서막에 지나지 않았다. 고집 세고 자신만만한 열여덟 살 소녀는 어느 날 남자친구와 함께 버스를 타고 가다가 자신의 미래를 갈기갈기 찢어놓는 운명적인 사고를 당한다. 승객용 손잡이가 달린 쇠파이프에 몸 한복판을 관통당했는데, 파이프는 프리다의 가슴을 뚫고 들어와 골반을 지나 질을 뚫고 허벅지로 나왔다.

사고 직후 의사들은 그녀가 요추 세 군데와 쇄골, 그리고 제3, 제4 늑골이 골절되고, 골반이 부서지고, 어깨뼈가 탈구되고, 오른쪽 다리가 열두 군데나 골절되고, 오른발이 짓이겨졌음을 알아냈다. 그때부터 척추를 지탱하는 석고틀에 갇힌 투병 생활이 시작되었다. 가족마저도 기약 없는 병간호에 지쳐갔고, 그녀는 침대 위에 고정된 채 한 마리 벌레처럼 의미 없는 하루하루를 보냈다. 모든 게 정지된 채 침대 머리맡의 시든 꽃만이 세월의 흐름을 가늠하게 할 뿐이었다.

느리게 흘러가던 장면이 갑자기 빨라지면서 한 손에는 담배를, 다른 한 손에는 붓을 든 프리다가 나타난다. 그녀의 표정에서는 뜨거운 열망과 단호한 결기가 느껴진다. 담배와 붓이 그녀를 다른 세계로 인도한 것이다. 침대에 누워 머리맡에 붙여놓은 거울을 통해 자화상을 그리는 그녀!

그림에서 돌파구를 찾은 그녀는 당대 최고의 벽화가 디에고 리베라와 교유하게 되고, 집안의 반대를 이겨내고 존경하던 대선배 디에고와 웨딩마치를 울린다. 그러나 그녀의 결혼은 '불행 끝'이 아니라 '또다른 시작'을 의미했다. 플레이보이인 남편은 모델이나 동료 화가와 끊임없이 바람을 피워댔다. 그녀는 주변의 만류를 무릅쓰고 아이를 가졌지만 세 번이나 유산하고 말았다.

그럴 때마다 프리다는 담배와 술에 의지했고, 그림의 세계에 파묻혔다. 담배와 술이 현실적 도피였다면, 그림은 초월적 도피였다. 그녀가 그린 자화상을 보면 고통스러운 현실의 모습 위에 초현실적인 판타지가 겹쳐 있다. 부당한 운명과 가파르게 맞선 그녀의 응전이 페미니즘과 초현실주의가 공존하는 독특한 세계, '프리다 칼로 신화'를 만들어낸 것이다.

처음으로 개인전시회가 열리던 날, 그녀는 특수 제작된 침대 위에 누워 "제발 내게 술을 갖다줘요. 장례식날엔 절대로 안 마실 테니까"라고 외친다. 다산을 갈망하면서도 끝내 아이를 못 낳은 여자, 남편을 열렬히 사랑하면서도 동성애적 기질을 가졌던 여자,

그림에서 구원을 발견했지만 유명한 남편을 뒷바라지하느라 정작 자기 그림은 욕심만큼 그리지 못했던 여자. 그녀가 지상에 남긴 마지막 한마디는 "오늘 외출이 행복하기를, 그리고 다시는 돌아오지 않기를"이었다.

셀마 헤이엑의 손에 담뱃대가 들려 있지 않았더라면 틀림없이 영화는 '팥소 없는 찐빵'이 되었을 터. 그녀의 아우라를 완성하는 데 담배는 빠뜨려서는 안 될 요소였다. 프리다 칼로의 실제 인생에서 그러했듯이.

그녀가 지상에 남긴 마지막 한마디는
"오늘 외출이 행복하기를, 그리고
다시는 돌아오지 않기를"이었다.
그녀의 아우라를 완성하는 데
담배는 빠뜨려서는 안 될 요소였다.

니네 엄만
담배도 못 피우니?

'순악질 여사'라고 불리는 선배가 있다. 남편과 아이들을 종 부리듯 부려먹고 시댁에 큰소리 탕탕 치고 산다. 그래도 모두들 '순악질 여사'를 좋아한다. 그녀의 매력 때문이다. 그녀는 언제나 유쾌 상쾌 통쾌하다. 사람들이 마음속으로만 꿍쳐두는 이야기를 그녀는 속시원하게 한다. 솔직하고 꾸밈이 없다.

모임에서 한 후배가 애들이 커갈수록 담배 때문에 고민스럽다고 한참 늘어놓았다. 머리가 점점 굵어가는 아이가 눈치챌까 걱정되고, 아빠에게 고자질할까 두렵다는 것이었다. 그럼 끊으라고 했더니, 도저히 자신이 없단다. 이 말을 듣던 우리의 '순악질 여사'가 자기 경험담을 들려주었다.

"우리 아이들은 엄마가 담배 피우는 거 다 알고 있었으니까 그 건 괜찮은데, 문제는 다른 집 애들이더라구. 하루는 위층에 사는 같은 반 남자애가 놀러왔어. 내가 부엌에서 모처럼 애들 먹을 걸 만드는 사이에 거실에서 우리 딸아이랑 그애랑 대판 싸움이 붙은 거야. 그 남자애가 말싸움에 밀리니까 약이 올랐던지 갑자기 우리 딸에게 '니네 엄만 담배도 막 피운다던데' 하면서 큰 약점이라도 잡은 것처럼 몰아붙이더라구. 딸애에게 난생처음 미안하다는 생각이 들려고 하는데, 내 딸애가 '어머, 니네 엄만 담배도 못 피우니?' 대뜸 반격에 나서더라구. 어찌나 이쁜지 친구가 가고 난 뒤 막 끌어안고 뽀뽀해줬지. 그런데 그제서야 한마디하더라고. '엄마, 담배 안 피우면 안 돼?'라고."

다들 과연 그 엄마에 그 딸이라면서 웃었다. 순악질 여사의 딸이 워낙 당당하게 구는 바람에 그 남자애가 자기 엄마가 담배를 '안' 피우는 게 아니라 '못' 피우는 걸로 착각했을지 모른다면서.

건축가 김진애의 '당당한 흡연'

당당한 사람은 참 보기 좋다. 뻔뻔하거나 무례하거나 잘난 척하는 것과는 엄연히 다르다. 남을 인정하듯 자기를 사랑하고, 남의 선택을 존중하듯 자기의 선택에 자부심을 갖는 사람이 당당한 사람이다. 여자의 흡연도 마찬가지다. 기왕에 선택한 것이라

"니네 엄만 담배도 막 피운다던데!"
"어머, 니네 엄만 담배도 못 피우니?"

면, 당당하고 느긋하게 피울 일이다. 긴장을 풀기 위해 피우는 담배인데, 그 때문에 긴장과 초조감을 느낀다면 정말 억울하기 짝이 없는 일이다.

도시건축 전문가이자 전 국회의원 김진애씨는 담배를 당당하게 피우는 여자다. 아니, 담배 피우는 의식 자체를 즐기는 여자다. 그녀는 손수 재봉틀로 박아서 만든, 겉에 'JK'라는 이니셜이 새겨진 천으로 된 담배 케이스에 담배와 라이터를 함께 보관한다. 라이터는 있는데 담배가 없거나 담배는 있는데 불이 없는 '끔찍한' 상황을 싫어하기 때문이다.

그녀는 정말 담배를 맛있게 피운다. 오죽하면 비흡연가이던 애인(지금의 남편)이 그녀가 담배 피우는 걸 보고 담배에 입문했을까. 그녀가 하도 맛있게 피우는 바람에 금연을 깨고 만 파계승도 여럿 있다. 그런 그녀가 세상에서 최고로 맛있게 피운 담배는 '아이를 낳고 나서 처음 피운 담배'였다고 한다.

당당하게 피우다보니 뜻밖의 수확도 거둬들인다. MIT(매사추세츠 공과대학교)를 졸업하고 서른일곱 살에 귀국해 설계사무실을 차린 그녀에게 처음 일거리를 맡기려고 찾아온 사람은 성균관대 교수를 지낸 유림 출신, 노신사와 일 이야기를 나누다가 그녀는 자연스레 담배를 피워 물었다. 알고 보니 그 전직 교수님은 비흡연자였다. 동료는 그가 일을 안 맡길 거라고 걱정했지만, 그는 김진애씨의 첫 고객이 되어주었다. 그뿐만 아니라 해외여행을 할 때마다 그 나라에서 가장 유명한 담배를 사와서 그녀에게 안겨 주곤 했다. 맛있게 피우는 모습이 너무 보기 좋다면서.

그녀는 삶과 죽음을 넘나드는 듯한 순간, 몸과 마음이 함께 하는 듯한 그 느낌을 너무도 사랑한다고 말한다.

특수한 직업인, 많이 배운 여자들 이야기라고 반박할지도 모른다. 정반대일 수도 있다. 의외로 그런 이들일수록 알아서 몸을 사리고 통념과 쉽사리 타협한다. 누리는 것이 많을수록 잃을 것도 많기 때문이다.

그러니 당당한 흡연은 조건의 문제가 아니다. 자기에 대한, 자기 선택에 대한 주저 없는 긍정이다. 사회가 강요하는 어처구니없는 편견에 저항하고 그 너울을 걷어내려는 단호한 몸짓이다.

새우깡 백 봉지와
담배 한 갑

1980~1990년대에 이 땅의 페미니스트 사이에는 '담배 열풍'이 불었다. 그들은 양성평등이라는 관점에서 담배를 사유하고 소비했다.

담배는 본디 여자의 것이 아니라고? 천만에, 담배가 본디부터 남자의 전유물이 아니라 오히려 여성의 것이었음을 입증하는 증거가 많다.

피우더라도 남 안 보는 데서 피우라고? 시민사회의 온전한 구성원, 즉 성인이 주체적으로 선택한 기호품을 왜 숨어서 남몰래 피워야 하나.

여자는 임신, 출산을 해야 하는 '귀하신 몸'이라고? 그렇다면 독신녀나 이미 출산을 마친 여자들은 왜 못 피우게 하는 거야? 남자도 담배를 피우면 정자 수가 줄어들고 정자의 힘도 약해진다는데 왜 여자에게만 금연을 강요하는 거야?

여성 흡연을 금기시하는 통념에 그들은 이렇게 반론을 폈다. 담배는 자유와 독립과 저항의 상징처럼 받아들여졌다. 여성이 담배 피울 권리를 확보하는 것은 다른 분야에서 남녀평등을 추구하는 것과 조금도 다를 게 없었다.

아니, 흡연 여성에 대한 사회의 편견은 그들을 더 전투적으로 만들었다. 침범할 수 없는 선을 그어놓고 그 안에 그들을 가두려는 시도에 맞서기 위해, 독립적이고 주체적이며 전투적인 여성임을 과시하기 위해, 그들은 의도적으로 담배를 선택했다. 정치적 흡연가political smoker가 되기를 자청한 것이다.

흡연권과 여성해방을 동일시하는 페미니스트들의 주장은 언뜻 우스꽝스럽게 느껴질 수도 있다. 몸에 해로운 담배를 피우는 것과 여권신장이 무슨 연관이 있냐고 반문할 수도 있다. 그러나 흡연권과 여성 지위 향상이 밀접한 관련이 있다는 주장은 이미 오래전부터 제기되었고, 역사에서 입증되기도 했다.

1945년 4월 프랑스 여성들이 제2차세계대전 이후 처음으로 담배 배급을 받았고, 그로부터 2주 뒤에 투표권을 부여받았다.

그뿐인가. 유럽경제공동체EEC에서 12개 회원국을 조사한 결과 여성의 사회적 경제적 지위가 높은 나라일수록 여성 흡연율이 높고, 낮은 나라일수록 여성 흡연율이 낮은 것으로 나타났다. 이쯤 되면 페미니스트들이 흡연권과 여권 신장이 정비례한다고 여기는 것도 무리는 아니다.

앞에서도 언급했지만 권위주의적 정권일수록, 가부장적인 사회일수록, 전쟁 같은 비상 상황에 놓인 정부일수록 여성의 흡연에 적대적인 태도를 보인다는 주장도 있다. 히틀러가 지배할 때 독일 전역에는 "Deutschen Weiben rauchen nicht(독일 여성들은 담배를 피우지 말 것)"이라는 경고문이 나붙었다. 독일은 본디 여성의 흡연에 꽤나 관대한 나라였는데도 말이다. 미국 정부도 제2차세계대전 기간 동안에 여성이 흡연하는 장면을 가급적 화면에 담지 말도록 할리우드 제작자들에게 압력을 가했다.

한국의 페미니스트들이 1980~1990년대에 담배에 유난히 집착한 것도, 한국 남성들이 담배만은 안 된다며 펄쩍 뛴 것도, 담배의 이면에 여성의 사회적 지위 향상이라는 코드가 깔려 있었기 때문이다. 어쩌다 자신의 모교 대학가에 오랜만에 가본 졸업생 아저씨들이 담배를 피워 물고 교정을 활보하는 후배 여학생들을 목격하고 세상 말세라고 분개한 것도 그 무렵이었다.

그런 추세가 한동안 계속되다가 몇 년 전부터는 담배를 피우는 여학생이 줄어드는 양상이 나타났다. 한 대학 신문사 기자 출신 여성 기자는 "00학번 이후부터인 것 같다. 이 세대는 담배 피우는 여자를 용감하다고 여기기는커녕 불쌍하다고 생각한다. 몸에도 나쁘고 미용에는 더 나쁜 담배를 왜 피우냐는 애들도 많다"고 요즘 분위기를 전한다.

그들은 흡연이 선택이듯 비흡연도 선택이라고 말한다. 담배를 여권의 척도로 받아들이는 시각도 거부한다. 그만큼 억압을 덜 느낀다는 이야기다. 그들에게 담배는 손을 내밀면 금세 닿는 곳에 있지만, 가까이 두고 싶지 않은 기호품일 뿐이다. 담배를 자유와 저항의 상징으로 받아들였던 이전 세대와 확실히 다른 인식이다.

여성 흡연론자와 혐연론자의 갈등

이런 세대 간 경험 차이가 낳은 웃지 못할 촌극 하나. 자나깨나 담배를 끼고 사는 고참 선배들과 담배 연기만 맡아도 머리가 핑 돌고 멀미가 나는 후배들이 한 페미니스트 잡지사에서 함께 일했다. 다른 일에는 죽이 척척 맞는 그들이었지만 담배 문제에서만은 처지가 달랐다.

선배들의 난폭한 끽연 문화를 견디다 못한 후배들이 어느 날 중대 제안을 내놓았다. 앞으로 사무실 안에서 담배를 피우는 선배들로부터 한 개비당 만 원씩 벌금을 받아 그 돈을 후배들의 건강을 위해 쓰겠다는 것. 처음에는 다들 '아주 지독한 농담' 정도로 여겼지만 후배들은 의외로 강경했다. 그동안 참고 또 참았지만 더이상은 안 되겠다는 것이었다.

선배들에게는 마른하늘의 날벼락이었다. 원고를 쓰다보면 절로 담배에 손이 가는 게 몸에 밴 습관인데, 그걸 하루아침에 고치기가 어디 쉬운 일인가. 게다가 담배에 대한 그들의 애정은 남자들과는 차원이 달랐다. 따가운 시선을 감내하면서 흡연의 가시밭길을 걸어온 그네들이었다. 그네들에게 담배는 단순한 기호품이 아니었다. 당사자의 표현을 빌리자면 '페미니즘 운동 과정에서 친구이자 애인이자 동지'였던 담배다.

그 소중한 것을 다른 사람도 아닌, 같은 길을 걷는 여자 후배에게 제지당하다니. 선배들은 서운했지만 시대 변화를 받아들이기로 했다.

그러던 어느 날 선배 기자가 회식 장소에 먼저 가서 기다리다가 사무실에 남아 있는 후배 기자에게 전화를 걸어 "담배가 똑 떨어졌는데 오는 길에 한 갑만 사다줄래?" 했단다. 그러자 전화를 받은 후배는 "다른 심부름이라면 몰라도 담배 심부름만은 해드릴 수 없다" 했더란다. 몸에 해로운 담배를 제 손으로 사다주기는 싫다는 것이었다. 그때부터 두 사람의 언쟁은 에스컬레이터를 타기 시작했다.

"니네들 새우깡 좋아하지? 담배도 내겐 그런 존재야. 왜 니네들 새우깡은 되고 내 담배는 안 되는데?"

"새우깡은 사다드릴 수 있죠. 원한다면 백 봉지라도요."

"내가 필요한 건 새우깡 백 봉지가 아니라 담배 한 갑이야. 정말 그걸 몰라서 그러니?"

　두 사람은 끝내 평행선을 달렸다. 선배는 자기 마음을 몰라주는 후배가 야속했고, 후배는 싫어하는 담배 심부름을 시킨 선배에게 서운했던 모양이다. 당사자들에겐 심각하기 그지없었겠지만 듣는 나로서는 웃음이 터져나왔다. 여자들의 탈권위주의가 선배의 담배 심부름을 한사코 거절하는 장면을 만들어낸 것이다.

조선 여인 흡연사

담배 피우는 여자를 볼 때마다 "세상 참 말세다, 말세야" 혀를 차는 사람들이 있다. 그러나 그런 관점에서라면 우리 조상님들은 '별꼴'을 이미 목격하셨고, 말세도 오래전에 도래했다. 담배가 이 땅에 전래된 시기에 대해서는 여러 설이 분분하지만, 광해군 치세(1608~1623)라는 것이 정설이다.

당시 기록들은 이 땅에 담배가 소개되면서 여성 흡연의 역사도 시작되었음을 보여준다. 초기에는 담배 피우는 데 남녀 구분이 없었고, 대갓집 마나님은 담배 시중을 드는 연비煙婢를 따로 둘 정도였다고 한다.

조선 사람들은 담배를 몹시 많이 피우는데 심지어 네댓 살밖에 안 되는 어린아이들까지도 피울 정도여서, 남녀를 막론하고 담배를 피우지 않는 사람은 극히 드물다.

_『하멜표류기』

근래 습속이 남녀노소가 모두 즐겨하여 겨우 아이만 면하면 연죽煙竹⁺을 물게 되어 팔진미八眞味를 폐할지언정 남초南草⁺⁺는 폐할 수 없다 하니 비록 금지하려 하되 어쩔 수 없다.

_『순조실록』

좀더 구체적인 기록도 있다. 이옥李鈺(1760~1815)은 18세기 후반에서 19세기 전반에 걸쳐 문학 활동을 한 문인. 애연가를 자처한 그는 일상생활에 큰 영향을 미치는 담배를 다룬 글이 별로 전해지지 않는 것을 아쉽게 여겨 『연경烟經』이라는 실용서를 저술했다.

그가 얼마나 담배를 좋아했던가는 '담배가 맛있을 때烟味' 편을 보면 짐작하고도 남는다.

산골짜기 쓸쓸한 주막에 병든 노파가 밥을 파는데, 벌레와 모

⁺　　담뱃대.
⁺⁺　　담배가 본디 남방南方에서 온 데서 생긴 이름.

래를 섞어 찐 듯하다. 반찬은 짜고 비리며, 김치는 시어터졌다. 그저 몸 생각하여 억지로 삼키고 토하려는 걸 참자니 위가 얹혀 먹은 것이 내려가지 않는다. 수저를 놓자마자 바로 한 대를 피우니, 생강과 계피를 먹은 듯하다. 이 모든 경우는 당해본 자만이 알리라.

그뿐인가. 그는 담배의 쓰임새烟用를 열거하면서 "시구를 생각하느라 수염을 비비 꼬고 붓을 물어뜯을 때, 특별히 한 대 피우면 연기를 따라 시가 절로 나온다"고 했다.

지극한 마음으로 담배를 사랑한 그는 흡연에도 제 나름으로 품격과 격식이 있다면서 담배를 피워서는 안 되는 사례를 이렇게 열거했다.

1. 어른 앞에서는 안 된다.
2. 아들이나 손자가 아버지나 할아버지 앞에서 안 된다.
3. 제자가 스승 앞에서 안 된다.
4. 천한 자가 귀한 자 앞에서 안 된다.
5. 어린 자가 어른 앞에서 안 된다.
6. 제사 때는 안 된다.
7. 대중이 모인 곳에서 혼자 피우는 것은 안 된다.
8. 다급한 때는 안 된다.

9. 곽란이 들어서 신 것을 삼킬 때는 안 된다.

10. 몹시 덥고 가물 때는 안 된다.

11. 큰바람이 불 때는 안 된다.

12. 말 위에서는 안 된다.

13. 이불 위에서는 안 된다.

14. 화약이나 화창 가에서는 안 된다.

15. 매화 앞에서는 안 된다.

16. 기침병을 앓는 병자 앞에서는 안 된다.

매화까지 들먹일 정도로 온갖 금기를 열거하면서도 남녀유별은 거론하지 않았다. 담배에 관한 한 가장 꼼꼼하고 열성적인 기록자였던 그의 글 어디에도 여성 흡연을 터부시하는 대목은 없다. 물론 그에게서도 당대 남성이 지니는 한계는 분명히 드러난다. 그는 담배 피우는 것이 미운 사례로 "규방의 다홍치마를 입은 부인이 낭군을 마주한 채 유유자적 담배를 피우는 것"을 꼽은 반면, 흡연의 멋 가운데 하나로는 "어리고 아리따운 미인이 님을 만나 애교를 떨다가 님의 입에서 반도 태우지 않은 은삼통 만화죽을 빼내어 재가 비단치마에 떨어지는 줄 생각할 겨를도 없이, 침이 뚝뚝 떨어지는 것도 아랑곳하지 않고, 앵도 같은 붉은 입술에 바삐 꽂아 물고는 웃으면서 빨아"대는 염격艶格을 꼽았다. 남편 앞에서 내로라 피워대는 조강지처는 못마땅하지만, 기생첩의 교태

어린 흡연은 어여쁘다는 남성 중심적인 시각이다.

그러나 이때까지만 해도 남녀의 구분은 엄격하지 않았다. 그러다가 여성 흡연은 당연한 것에서 못마땅한 것으로, 못마땅한 것에서 해서는 아니 될 것으로 여겨지고, 급기야 '흡연은 부덕婦德을 해치는 일'이라는 사회적 경고가 내려지기에 이르렀다.

담배가 허용된 예외 셋

그런 속박에서 비교적 자유로운 존재가 있었으니 남자들에게 성적, 정서적 위안을 주었던 기생이었다. 풍속화가 신윤복의 〈청금상련도廳琴賞蓮圖〉(선비가 연꽃을 감상한다는 뜻)를 보면 한 양반과 기생이 1미터는 족히 됨직한 긴 담뱃대로 맞담배를 피우는 장면이 담겨 있다. 문헌에 따르면, 담배의 길이조차 신분에 따라 엄격히 규제하는 풍습이 있어 천민들은 돈이 있어도 장죽長竹을 사용할수 없었다. 한데, 기생에게는 양반님네와 장죽으로 맞담배를 피우고 한 담뱃대를 공유하는 이른바 '통죽'까지 허용되었던 것이다.

하지만 기생의 자유는 다른 여성에게는 올가미로 작용했다. 『일제시대 여성 흡연에 대한 담론 분석』(연구자 고한나)이라는 석사 논문에서는 이렇게 지적한다.

이러한 기생에 대한 부정적 관념과 이들이 공개적으로 사용한 담배의 결합에서 오는 이미지는 20세기까지 여성 흡연자들의 행동을 제약하는 하나의 요소로 등장한다. (…) 즉 유교적 윤리와 관념을 내포하고 있는 여성성인 '여염집 부인'의 공개적 흡연은 기방 처녀의 이미지와 구별짓기 위해서라도 금지해야 하는 것이었음을 알 수 있다.

'나이든 여자'도 예외였다. 우리나라 40, 50대라면 누구나 긴 담뱃대를 땅땅 두들기던 동네 할머니들에 대한 추억 한 자락쯤은 지니고 있으리라. 나이든 여자 흡연자를 많이 만나본 고한나씨의 분석이다.

20세기 전반의 흡연 풍속에 관한 인터뷰 사례를 통해 알 수 있는 것은 공개적 여성 흡연이 가능한가, 혹은 남자들과 함께 담배를 소비할 수 있는가 여부는 여자 소비자의 나이에 달려 있다는 것이다. 즉 '동네 노인과 새파란 것' '할머니와 새댁' '열일곱 살과 마흔 살'처럼 대별적 구도로 인식하고 있는 여성 흡연에 대한 공간적 구분의 잣대가 바로 연령이다.

평균 수명이 짧은 시절이어서 대개 마흔 줄에 접어들면 노인 대접을 받았고, 자동으로 담배 피울 자유를 누렸음을 알 수 있다. 그렇다면 새파란 여염집 아낙들은 담배를 아예 안 피운 것일까.

고한나씨의 논문에 따르면 '화장실 또는 다른 곳'을 찾거나 농사일 틈틈이 허용된 담배 참 시간에 '논두렁을 넘어 산등성이까지 가는' 수고를 아끼지 않는 이들도 많았단다. '몰래 흡연'의 효시였던 셈이다.

'사연 있는 여자'에게도 예외가 적용되었다. 단, 동네가 인정할 수 있는 사연이라야만 했다. 남편이 일찍 죽거나 아들을 잃어 '혼자 된 여자', 시부모가 다 병들어 '똥오줌을 받아내는 효부', 회충으로 '속앓이하는 여자', 남편이 바람피워서 '마음이 괴로운 여자' 등등. 한마디로 '과부초' '심심초' 기능이었다.

세월이 흐를수록 기생, 할머니, 사연 있는 여자에게만 담배를 허용하는 관행은 점차 관습법처럼 굳어졌다.

흡연 광고에 등장한 여성

개화기에 접어들면서 '담배는 기생이나 피우는 것'이라는 통념을 홀러덩 뒤집어놓은 여성들이 출현했다. 이른바 신여성, 신식교육을 받은 젊은 여성들이었다. 그네들은 흡연을 단순한 기호품이 아닌 근대 여성의 심벌로 받아들였다. 자유연애, 인습 타파, 남녀평등을 내세운 그들은 담배를 통해서도 개성과 자유와 독립을 구가하려 했다. 예전 할머니들과 달리 장죽 담뱃대 대신 날씬한 궐련을 들고서.

잎담배 대신 날씬하고 가는 궐련이 등장하면서 1920~1930년 대 구미에서는 여성 흡연 유행이 거세게 불었는데[+], 이런 물결이 해외 사조에 민감했던 신여성들에게 적지 않은 영향을 미쳤던 것 같다.

당시의 신문 광고를 한번 살펴보자. 〈매일신보〉 1914년 12월 8일자 4면에는 '조선연초주식회사' 전면 광고가 실려 있는데, 삽 화의 주인공은 치마저고리를 입고 쪽찐 여성이다.

상단에는 '축 신축낙성', 그 밑에는 '화표 파라다이스' '미인표 백 화표' '호와이도 코스모스' 같은 상품명이 적힌 담뱃갑을 배치했 다. 왼쪽 아래에는 조선연초주식회사 로고와 국화꽃을 그려놓았 다. 삽화의 여주인공이 담배를 내뿜는 모습은 당당하기 그지없다.

그러나 신여성이 주도한 흡연 유행은 오래가지 못했다. 식민지 조선에 담배를 팔아먹으려는 일제에 맞서 대대적인 금연운동을 벌여야 한다는 민족주의 물결이 워낙 거셌기 때문이다. 흡연은 '조국과 민족을 위해 마땅히 버려야 할 폐습'으로 여겨졌으니, 남 성들은 물론 여성들도 국채보상운동과 금연운동에 발 벗고 나섰 다. 여성 흡연계의 대표 주자인 기생까지 금연운동에 동참할 정 도였다.

[+] 사람들 앞에서 공공연히 담배를 피운 첫 여성은, 1910년대부터 여성에게 아이를 낳지 않을 권리가 있다고 주장하며 나중에 산아제한운동을 주창 한 마거릿 생어라고 알려져 있다.

이후 흡연 유행을 다시 한번 일으킨 세력이 있었으니 6·25를 전후해 기지촌 일대에 퍼진 '양공주'들이었다. 그들의 업은 기생과 크게 다르지 않았으니, 그로 인해 '담배=기생'의 이미지가 더욱 굳어지게 되었다.

3부

어둠 속에 피어오른
담배 연기

산으로 떠난 그녀

30센티미터 대나무 자로 스커트 길이를 재어 너무 짧으면 여자를 경범죄로 처벌한 시절이 있었다. 애국과 충절과 미풍양속을 내세운 '야만의 시절'이었다. 날카롭고도 따뜻한 글로 팬을 많이 거느린 김선주 〈한겨레〉 전 논설주간이 1970년대 초 새내기 기자 시절에 겪은 일이다.

"한번은 명동에 나갔다가 여자 친구 네 명이 객기와 오기, 모험과 실험정신이 발동하여 일제히 담배를 피워 물고 복잡한 길거리를 일렬횡대로 걸어갔어. 한 10미터쯤 갔을까. 시민정신이 투철한 누군가가 신고했던지 경찰관이 쫓아와 우리를 파출소로 몰고 가더군. 구경꾼들이 뒤를 따랐어. 지금은 사라진 명동 한일관 옆 파출소에서 우리가 잡혀 있었던 시간은 십 분이 채 안 되었지. 담배를 끄지 않은 채 소파에 버티고 앉아 잡아온 근거를 대라고 대차게 따지자 이 미친 것들 뒤에 뭔가 큰 '빽'이 있으리라 지레짐작했던 모양이야. 사과를 받아내고 거수경례까지 받고 보무당당하게 파출소 밖으로 나왔지. 파출소 문 앞에 몰려든 구경꾼들이 좌우로 갈라지면서 길을 터주더군. 실은 우리가 뻗댈 수 있었던 건 나는 신문기자, 한 친구는 KBS의 PD, 다들 빵빵한 직업을 가진 친구들이었기 때문이지.

그럼 빵빵한 직업도, 대단한 배짱도, 믿는 구석도 없는 여자들은 어떠했을까? 유명한 중견 화가인 C씨는 병아리 미대생이던 시절에 겪은 수모를 지금도 잊지 못한다. 1970년대 초 명동의 한 유명한 음악다방에서 그녀가 담배를 피우고 있을 때였다. 경찰관이 다가와서 다짜고짜 잠깐 파출소로 가자고 하기에, 대체 왜 그러냐고 따졌다. 경관은 어떤 손님이 당신을 풍속사범으로 신고했으니 일단 서에까지 동행해야 한다고 말했다. C씨는 다방 안에서 담배를 피우는 남자들을 가리키며 이 사람들을 다 잡아가면 나도 가겠노라고 버텼지만 막무가내였다. 결국 C씨는 파출소에 끌려가 경범죄로 즉심에 넘겨진 뒤에야 풀려났다.

"감히 여자들끼리 모여서 담배나 피워대고"

대학 3학년 겨울방학을 앞두고 우리도 비스름한 일을 겪었다. 공권력이 아니고 사적인 린치였지만, 폭력의 양상은 더 심각했다. 학내 여러 서클에 흩어져 있던 여학생들이 '여성문제연구회'(여연)라는 모임을 만들어 여성문제를 함께 공부하기로 했다(남녀공학에서 한계와 문제의식을 다들 느끼던 터였다).

사건이 벌어진 날 우리는 세미나를 마치고 학교 앞 술집으로 갔다. 누군가가 맨날 세미나만 할 게 아니라 뒤풀이하면서 못다 한 이야기를 나누자고 제안하자 다들 기다렸다는 듯이 몰려간 것이다. 그날따라 평소 조용하고 말이 없는 순자(가명, 불교학생회)가 선뜻 일어나서 입을 열었다. 그녀는 민족 대학이라고 자랑하면서도 정작 독재정권에 맞서 행동하지 못하는 학내 현실에 대해 열변을 토했다.

한데 이게 웬일? 난데없이 술잔이 날아와 순자의 귓불을 스쳐 갔다. 술잔에 담겼던 액체가 그녀의 머리칼에 뿌려졌다. 날아온 쪽으로 고개를 돌렸더니 건장한 남학생 서넛이 낄낄거리며 우리를 쳐다보고 있있다. 모두들 갑작스러운 사태에 놀란 나머지 발만 동동 굴렀다. 당사자인 순자만 놀랄 만큼 침착했다. 그녀는 말없이 자기 앞에 놓인 잔에 술을 채우기 시작했다. 대체 어쩌려는 걸까. 비좁은 술집 안에 터질 듯한 긴장과 침묵이 흘렀다.

술잔을 든 그녀는 문제의 남자들이 앉아 있는 쪽으로 천천히 걸어갔다. 그들 곁에 다가간 순자는 그들의 머리 위로 천천히 술을 부었다. 세례를 주듯 경건하게.

무슨 일이 벌어졌는지 모두들 뒤늦게야 알아차렸다. 순식간에 술집은 아수라장으로 돌변했다. 남자들은 비호처럼 몸을 날려 주먹다짐을 했고, 여자들은 비명을 지르고 가방을 휘둘렀다. 그런 와중에 누군가가 "건방지게 여자들끼리 담배나 피우고 말이야" 소리를 쳤다. 아! 그랬구나. 폭행의 진짜 배경을 알게 되었다. '감히 여자들끼리 모여' '감히 남성의 전유물인 담배를 피워댄' 우리는 징벌받아 마땅한 나쁜 여자들이었던 것이다.

워낙 오래된 일이어서 그 사건의 충격은 앨범 속 빛바랜 사진처럼 희미해졌다. 그러나 그날 친구랑 엉엉 울면서 하숙집으로 가던 중 올려다본 하늘에 걸린 초승달이 무척 쓸쓸해 보였던 것은 또렷이 기억한다. 내 마음엔 지금도 가끔, 그 초승달이 뜬다.

살다가 문득 순자가 생각날 때가 있다. 들리는 말로는 졸업하자마자 산에 들어가 비구니가 되었단다. 대학 시절 그녀의 집에 놀러가서 함께 밤을 새운 적이 있었다. 그때 그녀는 스님이 되고 싶다고 털어놓았다. 책꽂이에 가지런히 꽂힌 책도 대부분 불교 서적 아니면 철학 서적이었다. 눈을 빛내면서 불교 이야기를 하는 그녀는 평소의 그녀가 아닌 듯했다.

소원한 대로 구도의 길을 걷는다니 속세의 친구는 합장으로 축수할 일이다. 그런데도 나는 그날 그 일이 그녀를 산으로 등 떠밀었을지 모른다는 생각을 떨치지 못한다. 스님이 들으면 무슨 엉뚱한 추측이냐고 웃으시겠지만.

『담배는 숭고하다』를 쓴 리처드 클라인 교수(코넬 대학교 불문학과 명예교수)는 "한 사회에서 여성이 어느 정도 흡연권을 누리고 있는가는 보편적 평등의 지표이자 시민사회 내에서 여성이 전임회원인가 여부를 가늠하는 시금석이다"라고 주장했다. 이런 논리를 적용한다면 칠팔십년대 이 땅의 여자들은 이 사회에서 국외자, 소수자, 비회원이었던 셈이다. 그게 어디 1970~1980년대만의 일이랴마는.

『담배는 숭고하다』를 쓴 리처드 클라
인 교수는 "한 사회에서 여성이 어느
정도 흡연권을 누리고 있는가는 보편
적 평등의 지표이자 시민사회 내에서
여성이 전임 회원인가 여부를 가늠하
는 시금석이다"라고 주장했다. 이런
논리를 적용한다면 칠팔십년대 이 땅
의 여자들은 이 사회에서 국외자, 소
수자, 비회원이었던 셈이다.

지옥에서 보낸 한철

　1978년 6월 26일, 두터운 먹구름 사이로 한줄기 빛이 비치듯, 놀라운 일이 일어났다. 1975년 위수령 이후 꽁꽁 얼어붙은 '겨울 왕국' 대한민국 서울 시내 한복판에서 유신독재에 반대하는 기습 시위가 벌어진 것이다. '광화문 앞으로 모이자'는 결의를 담은 지하 유인물을 보거나 소문으로 전해 들은 학생, 노동자, 재야운동가 들은 미팅족이나 회사원을 가장해 삼엄한 검문검색을 뚫고 세종문화회관 앞으로 속속 모였다. 그렇지만 시위가 실제 벌어지리라고 예상한 사람은 거의 없었다. 데모는 나이든 사람에게는 추억, 젊은이에게는 전설이 된 지 오래였다.

　하나둘 모여든 군중은 전투경찰만으로는 통제가 불가능할 만큼 불어났다. 시위대와 전투경찰은 보도블록을 사이에 두고 팽팽하게 대치했다. 푹푹 찌는 여름 오후, 폭풍 전야의 침묵만이 존재했다. 칼을 찬 이순신 장군이 말없이 군중들을 내려다보고 있었다.

이윽고 팽팽한 긴장을 깨뜨리는 구호가 터져나오더니 시위대는 순식간에 전경을 밀어붙였다. 우리는 스크럼을 짜고 '독재 타도' '유신 철폐'를 외치며 광화문과 종로 일대를 누볐다. 노련한 경찰은 행렬의 후미부터 쳐서 꼬리를 자르는 식의 진압 작전을 펼쳤다. 방금 전까지 어깨를 겯고 뛰던 남학생이 벗어진 신발을 주우려다 경찰에 붙들려 머리에 손을 얹고 닭장차에 태워졌다. 겁이 더럭 난 우리 일행은 가까운 구두 가게로 들어가 시위대에서 이탈했다.

서울 시내 전체에서 수백 명이 잡혀 들어갔고, 시위를 사전에 계획한 서울대 운동권 핵심을 비롯해 단순 가담자 수십 명이 구속되었다. 캠퍼스 안에서도 사라지다시피 한 시위가 시내 한복판 광화문 네거리에서 벌어진 것에 정권 핵심부가 진노했다. 치안 담당자들은 '괴씸죄'를 적용해 단순 가담자까지 구속하는 강경책으로 윗선의 분노에 부응했다.

그러나 한번 붙은 불길은 사그라지기는커녕 더 크게 타올랐다. 그해 9월 14일, 내가 다니던 대학에서는 이혜자(고려대학교 생물학과 75학번) 선배가 주도한 대규모 학내 시위가 벌어졌다. 그날 시위는 더 격렬했다. 천 명이 넘는 데모대가 '유신독재 결사반대'를 외치며 교정 곳곳을 누비고 다니다가 학교 정문 옆에 있는 '짭새'(학교 출입 형사들을 일컫는 은어)들의 아지트를 뒤집고 불태웠다. 서슬 퍼런 유신체제에 대한 정면 도전이었다. 이런 일들이 잇따르자 운동권 학생들의 눈에는 점점 핏발이 섰고, 학교는 '다음(데모 주동)은 누구 차례라더라'는 풍문으로 늘 뒤숭숭했다.

폭풍우가 두어 차례 휩쓸고 간 뒤 나와 자취하던 영초언니는 두 가지 일을 벌였다. 하나는 선후배들에게 돈을 거둬 광화문 시위 때 무더기로 잡혀 들어간 학생들에게 겨울 내복이나 영치금을 넣어주는 일, 다른 하나는 광화문 재집결을 촉구하는 유인물을 제작해 서울 시내 대학가에 배포하는 일이었다. 나는 두 가지 일을 다 거들었다. 광화문 시위 이후 고민하는 신학도에서 치열한 운동가로 돌변한 영초언니를 말릴 수는 없었다. 나 자신도 부글부글 끓어오르고 있던 터였다. 이런 일이라도 거들어야 광화문에서 잡혀간 학우들에게 덜 미안할 것 같았다.

영초언니와 나는 가진 돈을 다 털어서 등사기를 산 뒤, 자취방 다락에서 '우리는 더이상 참을 수 없고, 참아서도 안 된다'는 제목의 지하 유인물을 만들었다. 유신헌법과 긴급조치는 반민족, 반민주, 반민중이며 박정희 정권의 영구집권을 위한 법적 장치에 지나지 않으므로 당장 폐기해야 한다는 내용이었다. 우리는 이화여대, 서강대, 연세대, 서울대 등을 돌아다니며 벤치, 화장실, 빈 강의실에 유인물을 뿌렸다.

그러나 겨울방학을 맞아 고향으로 내려간 나는 온종일 콩나물을 씻느라 불어터진 어머니의 손등과 부쩍 늘어난 주름살을 보면서 마음이 흔들렸다. 딸을 선생님으로 키우고 싶어한 어머니의 소원을 들어드리고 싶었다. 방학이 끝나 다시 올라올 즈음에는 비겁하더라도, 시대를 외면하고 살기로 작정했다. 고향에서 교생실습을 하고 교사가 되리라 마음먹었다.

1979년 봄 개학을 앞두고 우리 사회의 현실을 읽는 법과 담배를 함께 배운 영초언니의 수유리 자취방을 떠나기로 결심했다. 졸업반이 되면 아무래도 바빠질 터이니 학교 근처에서 자취를 하는 게 좋겠다고 언니에게 이유를 둘러댔다.

"야, 이년아, 대가리 박아"

4월 초순, 드디어 대망의 교생 실습길에 올랐다. 아름다운 4월은 대학가에서는 시위의 계절이기도 했다. 서울에 있으면 마음이 편치 않을 것 같아 일부러 내가 나온 제주도의 모교를 자원했다.

일요일 낮, 고향 제주도로 내려간 내가 고향집 마루에 앉아 오랜만에 만난 식구들과 둘러앉아 점심을 먹고 있을 때였다. 처음 보는 두 남자가 대문가에 모습을 비치는가 싶더니 불쑥 마당으로 들어섰다. 주인의 동의도 구하지 않고 들어서는 폼이 영락없이 형사였다. 그들은 어머니에게 "선배 일로 명숙이에게 물어볼 게 있으니 서울에 다녀와야겠다"고 정중하게 말했다.

월요일부터 교생실습을 해야 한다고 했더니, 그들은 그때까지
는 돌아오게 될 테니 마음 푹 놓으시라고 장담했다. 그러면서 어
머니에게 자기네 것과 딸 것 해서 비행기표 석 장을 왕복으로 사
놓으라고 채근했다. 넋이 나간 어머니는 시키는 대로 비행기표를
끊어서 내 손에 쥐여주셨다. 그날의 한을 풀지 못한 채 어머니는
2022년 9월 13일 눈을 감았다.

제주공항에 도착해 통칭 '101호실'로 알려진 보안과에서 탑승
을 기다리면서 칠판에 적힌 '현경대·서명숙 KAL ○○○호기 탑
승 예정'이라는 메모를 보았다. 등골이 서늘했다. 현역 국회의원
과 무명 대학생인 내가 함께 적혀 있으니 불길한 예감이 들 수밖
에. 서울로 향하는 기내에서 애써 태연한 척했지만 속으로는 사시
나무 떨듯 떨었다.

비행기가 착륙하자마자 형사들은 나를 다른 통로로 빼돌렸다.
청사를 빠져나오자마자 검은 양복을 입은 두 남자가 나를 형사
들에게서 넘겨받아 까만 세단에 구겨넣었다. "야, 이년아! 대가리
박아."

얼마나 시간이 흘렀을까(나중에 들은 이야기로는 어디로 끌려가는
지 분간할 수 없도록 서울 외곽을 빙빙 돌았다고 한다). 차가 섰다. 눈
가리개가 씌워져 있던 터라, 어떤 곳에 있는 어떤 건물인지 도무
지 짐작이 가지 않았다. 계단 수로 미루어보아 3층은 족히 될 만

한 지점에서 그들은 왼쪽으로 꺾어 한참을 걷다가 나를 안으로 밀어넣었다.

비로소 풀린 가리개. 갑자기 눈부신 형광등 불빛이 쏟아져들어오고, 이어서 사람 윤곽이 희부옇게 보였다. 한두 명이 아니고 여럿이었다(훗날 알게 된 일이지만 그들은 서울 시내 전역에서 차출된 경찰이었다. 남형사 2명, 여경 1명의 3인 1조인데, 남자는 수사를 여경은 몸 수색과 감시를 맡았다).

그들은 짐짝처럼 내던져진 나를 넘겨받더니, 등뒤의 배낭을 홱 낚아챈 뒤 익숙한 솜씨로 둘러엎었다. 시집, 지갑, 손수건과 함께 쏟아진 건 청자 담뱃갑과 성냥이었다!

한 남자가 대뜸 따귀를 올려붙였다. "이년들이 다 이렇다구. 양갈보들처럼 담배나 뻑뻑 피워대면서, 뭐 나라 걱정한다구? 네년들이나 똑바로 해!"

어릴 적부터 울보라고 놀림받던 나였지만 이를 악물고 울지 않았다. 이럴 때 우는 건 바보라는 자의식 때문이었다. 옆에 있던 여경은 딱하다는 표정을 지으며 혀를 찼다. "아유, 쟤네 엄마는 얼마나 기막힐까. 그래도 딸 대학 보내놓고 좋아했을 텐데."

때리는 시어머니보다 말리는 시누이가 더 밉다던가. 그녀만이 아니었다. 날마다 얼굴이 바뀌는 여경 중에는 우리를 아예 화류계 여자 보듯 하는 사람도 있었다. 이유는 단 하나. 담배 때문이었다. 그녀들의 말은 심장을 후벼파는 비수였지만, 간혹 내가 처한 상황을 짐작할 만한 단서를 제공하기도 했다. 그들이 무심결에 내뱉은 말 가운데 '쟤네들'이라는 표현으로 나 말고도 여럿이 그곳에 끌려온 걸 알아차렸고, 혼자가 아니라는 생각에 마음을 놓을 수 있었다.

담배 때문에 수모를 당하다보니 억울하다는 생각이 들었다. 그동안 경찰서나 정보기관에 끌려갔다 온 남학생들이 늘어놓는 무용담 중 하나가 담배 이야기였다. 잡혀갔다 하면 형사들이 맨 먼저 권하는 게 담배다. 정보를 하나라도 더 캐려고 담배만은 원하는 대로 준다고 했다. 담배 살 돈이 없어 낱개로 파는 '까치 담배'를 사서 피우던 대학생들에게는 그것도 자랑거리였다.

그런데 여학생에게는 담배를 권하기는 고사하고 그걸 갖고 있다는 이유만으로도 따귀를 날린 것이다. 맞으면서 나는 깨달았다. 이 땅에서 남녀는 얼마나 다른 존재인가를, 여자가 이 땅에서 담배를 피우면 어떤 대가를 치르게 되는가를. 그건 뺨의 통증보다 더 쓰라린 깨달음이었다.

알고 보니 사건은 그리 단순하지 않았다. 나는 참고인이 아니라 주요 용의자였다. 북부경찰서가 첩보를 입수하고 석 달에 걸친 잠복과 미행 끝에 파악해냈다는 사건의 전모는, 대학가에 결성된 '구국학생동맹'이 4월 19일을 기해 24개 대학 연합 시위를 사전에 모의하고 실행에 옮기려 한다는 것이었다. 경찰은 디데이 전날 새벽 용의자들을 부모님 집이나 자취방에서 일망타진했다. 용의자들은 한신대 대학원생 천영초와 그와 절친한 선후배 여학생들이 대부분이었다.

학교 앞 자취방을 급습한 경찰은 내가 제주도에 갔다는 자취방 주인 아줌마의 말에 눈치를 채고 도망간 줄 알고 한때 당혹스러워했단다. 한데 나마저도 그날 안에 서울로 압송했으니 작전은 대성공이었다. 주요 용의자 중에서 조봉훈(당시 전남대 학생, 전 광주시의회 의원)만은 못 잡아들였지만, 그를 체포하는 것도 시간문제라고 형사들은 장담했다. 경찰은 조봉훈을 검거하고 수사를 마칠 때까지 사건 공개를 미루고 있었다(잠옷 차림으로 자던 딸이 눈앞에서 경찰에 끌려가는 걸 지켜본 부모들은 경찰서로, 학교로, 종로5가 인권위원회로 찾아다녔지만 아무데서도 딸의 행방을 알아내지 못해 발만 동동 굴렀다고 한다. 스무 명 넘는 여학생이 온데간데없이 증발한 이 사건은 경찰의 '보안' 요청에 따라 당시 언론에는 한 줄도 등장하지 않았다).

그러나 경찰이 상정한 시나리오는 처음부터 빗나가기 시작했다. 그도 그럴 것이 '구국학생동맹'은 그들의 서류에만 존재하는 허무맹랑한 조직이었다. 부잣집 막내딸로서 자기네 집 자가용으로 내 자취 짐을 날라다주고 광화문 시위 때 잡혀간 학생들에게 영치금을 많이 낸 독문과 여학생은 자금책, 여학교 국어 선생님으로서 '제2의 박경리'가 될 생각으로 자나깨나 소설만 구상하던 천영초의 절친한 친구는 조직책으로 올라 있었으니 지나가던 소가 웃을 일이었다. 연합 시위는 영초언니의 구상이었을 뿐, 실천에 옮겨지는 과정에서 첫 단계부터 벽에 부딪혔던 터였다.

우리의 범법 행위를 입증할 물증이라고는 우리의 자취방 다락에서 발견된 등사기와 지하 유인물 원본뿐이었다. 그 밖의 것은 모조리 경찰의 오랜 잠복 미행 수사가 헛수고였음을 반증하는 쓰레기일 뿐이었다. 백과사전만큼 두툼한 사건 자료철에는 우리 자취방 쓰레기통에서 찾아낸 메모나 낙서들, 우리의 변장 전 모습과 변장 후 모습(사실은 동네 미장원에 파마하러 가는 모습과 파마하고 나오는 일상적인 모습이었다!)을 담은 사진, 일기장 복사본, 방학 때 영초언니와 내가 주고받은 엽서 따위가 빼곡히 붙어 있었다. 수유리 자취방에 가끔 드나들던 화장품 외판원 아줌마와 중국집 배달원을 매수하거나 형사들이 직접 고물장수로 변장해 정보를 수집한 결과가 고작 그것들이었다. 경찰의 수사는 점점 수렁으로 빠져들었다.

이때 홀연 등장한 인물이 베테랑 형사 Q였다. 사람을 쏘아보는 눈매에 군살 하나 없이 깡마른 그는 국민교육헌장식으로 말하자면 '형사를 하기 위해 이 땅에 태어난' 사람처럼 보였다. "나는 미국 FBI 본부에서 6개월간 국제 스파이 훈련을 받은 사람이다. 거기에서 현대적인 고문 방식을 다 마스터했다. 니네들은 꽤 독종이지만 나는 더한 독종이다." 무표정한 얼굴로 한마디 한마디 나직하게 씹어 뱉는 그의 말을 들을 때마다 머리카락이 곤두섰다.

마지막 계단에서 피운 담배 한 대

형사들은 사흘이나 잠을 재우지 않다가 잠을 자도록 허락했다. 모처럼 단잠에 빠져들던 나를 누군가가 거칠게 흔들어 깨웠다. 소스라치게 놀라 벌떡 일어나는데 아랫배께로 주먹이 날아들었다. 저승사자 Q였다. 늘 무표정하고 침착하던 그의 얼굴이 뻘겋게 달아올라 있었다. 내가 조봉훈의 은신처라고 일러준 곳에 갔다가 허탕만 치고 돌아왔다고 길길이 날뛰었다. 영초언니 자취방에서 딱한 번 보았던 선배가 숨은 곳을 알 턱이 없는 나는 잠을 재우지 않는 고문을 견디지 못해 학교 앞 단골 술집을 둘러댔다. 그가 거기 있을 리 만무했다.

Q는 어린 여학생이어서 봐주려고 했더니 안 되겠다, 이 건물 지하에 고문실이 있는데 아무래도 거기 데려가서 맛 좀 보여줘야겠다고 을러댔다. 그는 그곳에 가면 깡다구 센 남자도 30초면 오줌을 지리면서 줄줄 다 불게 만드는 최신식 고문 기계가 있다, 고문 후유증으로 성불구가 된 남자도 있는데 여자는 아무래도 아이를 낳기 힘들 것이다, 너는 악질이니까 아마 일 분은 버틸지도 모르겠다고 이죽거렸다.

어머니와 인사조차 변변히 못하고 끌려온 지 열흘이 넘었지만, 가족면회는커녕 같이 끌려왔다는 '공범' 얼굴도 못 보는 처지였다. 보이는 얼굴이라고는 붙박이 담당 형사 두 사람과 날마다 얼굴이 바뀌는 여경들. 들리는 소리라고는 가끔 그들이 들고날 때

복도에 울려퍼지는 고함소리와 비명뿐. 주눅든 나는 협박하는 그에게 분노조차 느끼지 못했다. 오히려 고문당하기 전에 자백할 수 있도록 아는 게 있었으면 싶었다.

그러나 자백하고 싶어도 자백할 거리가 없었다. 그는 예고한 대로 나를 끌고 나갔다. 처음 그 방에 들어갈 때처럼 눈가리개로 두 눈을 가린 채.

열흘 전 이곳에 처음 잡혀올 때 올라갔던 그 계단을 되짚어 내려갔다. 지옥의 계단이 따로 없었다. 한 걸음 한 걸음 내디딜 때마다 피가 졸아드는 느낌이었다.

영화 〈올드보이〉에는 "사람은 말이야. 상상력이 있어서 비겁해지는 거래"라는 대사가 나온다(최근 그 영화를 보다가 그 말을 듣는 순간 소름이 돋았다. 두 눈을 가린 채 계단을 내려가는 동안 Q에게 들은 고문실에 대한 상상으로 한없이 위축되었던 옛 기억이 떠올랐기 때문이다).

더 내려갈 곳이 없었다. 그가 말한 고문실 입구에 다다른 모양이었다. Q는 내 손을 끌어당기더니 불 붙인 담배를 쥐여주었다. 거부하고 싶었지만 혼날 것 같아 덜덜 떨리는 손으로 받아들었다. 두어 모금 피웠을까. Q가 내 몸을 홱 돌려세웠다. "지독한 년이구먼. 얼마나 버티는지 보자."

나중에야 알게 된 사실이지만, 중앙정보부 건물이나 특수 수사기관의 안가라고 지레짐작했던 그곳은 어처구니없게도 서울 변두리에 있는 3층 모텔이었다. 그러니 지하에 고문실도, 아이를 못

낳게 된다는 고문기구도 있을 리 만무했다. 그들은 존재하지 않는 고문도구로 정신적 고문을 자행한 것이다. 내게 호의를 베풀었던 한 형사는 "그래도 넌 어리고 종범이어서 봐준 거다. 천영초는 남산(중앙정보부)에 끌려가 나흘 동안 진짜로 고문당했다"고 귀띔했다. 따은 위로하느라 한 말인데 더 고통스러웠다.

그 지옥에서 나온 것은 끌려간 지 한 달 하고도 하루가 지나서였다. 경찰서 유치장 칠판은 계절의 여왕 5월도 어느덧 중순에 접어들었음을 가리키고 있었다. 북부경찰서가 엄청난 수사비와 인력을 투입한 요란한 수사는 천영초, 박종원(당시 한신대 대학원 재학), 서명숙(당시 고려대 4학년) 등 여대생 3명을 대통령 긴급조치 9호 위반으로 구속하는 초라한 '성과'를 거둔 채 막을 내렸다. 요즘 같으면 시민단체가 세금을 낭비한 자들에게 수여하는 '밑 빠진 독상'을 차지했을 법한, 국가 예산만 크게 축낸 수사였다.

다시 담배 이야기로 돌아가자면, 이 사건은 갓 시작된 나의 담배 사랑에 기름을 부은 격이 되고 말았다. 남녀 형사들이 자나깨나 담배 피우는 여자를 비난하는 이야기를 듣노라니 담배에 대한 애작이 더 깊어졌다. 군사정권은 정치적 권위주의와 함께 근엄한 가부장의 얼굴까지 지니고 있었다.

맞으면서 나는 깨달았다.
이 땅에서 남녀는
얼마나 다른 존재인가를,
여자가 이 땅에서 담배를 피우면
어떤 대가를 치르게 되는가를.
그건 뺨의 통증보다 더 쓰라린
깨달음이었다.
군사정권은 정치적 권위주의와 함께
근엄한 가부장의 얼굴까지
지니고 있었다.

생리대 속에
숨겨 들어온 담배

성북경찰서에서 하룻밤을 보낸 뒤 성동구치소에 수감되었다. 구치소로 넘어가자 '지옥에서 천국으로' 옮겨간 기분이었다. 가족과의 면회나 변호인과의 접견도 비로소 가능해졌다. 면회실을 오가면서 푸른 하늘을 보는 것만으로도 행복했다. 앞서 조사받던 곳은 창이란 창은 죄다 밀봉한 탓에 바깥을 전혀 내다볼 수 없었으니까(하긴 모텔이 시장 골목에 있었다니 밖을 내다보게 했다간 공포감과 격리감을 조성하려는 그들의 목적을 이룰 수 없었으리라).

미결수를 수용하는 성동구치소는 서대문형무소와 달라서 여사女舍에 독방이 따로 없었다. 우리 셋은 각기 다른 방에 수용되었다. 교도소측은 나를 사기방, 영초언니를 절도방, 종원언니를 간통방으로 각각 흩어놓았다. 공범 분리 수용 원칙에 따른 것이었다. 여자 경찰과의 동거 생활이 끝나고 여자 죄수와의 동거 생활이 시작되었다.

사기방에는 자기가 바깥에서 대단한 존재였음을 끊임없이 과시하는 재소자가 많았다. 당시로는 보기 드문 억대 사기 사건의 장본인도 있었고, 자기 남편이 김재규 중앙정보부장의 장군 시절 부관이었다면서 으스대는 여자도 있었다. 사식으로 차입한 달걀로 날마다 얼굴 마사지를 하는 여자도 여럿 있었다.

그러면서도 그들은 한결같이 자신은 합법적으로 추진하던 일이 잘못 풀려서, 또는 돈 흐름이 이상하게 꼬여서 억울하게 사기꾼으로 몰렸다면서 저 여자야말로 '진짜 사기꾼'이라고 뒷전에서 흥을 보곤 했다. 사기꾼 방에서 사기꾼 논란이 치열하게 벌어지는 건 아이로니컬한 일이었다. 훗날 정치권을 취재하다보니 정당은 정당끼리 정치인은 정치인끼리 자기는 애국자고 진짜 도둑놈은 저쪽이라고 손가락질하는 일이 비일비재했다. '내로남불'은 도처에 있었다.

구 척 담장 안의 유일한 권력자

교도관들은 같은 여자였고, 재소자보다 나이가 어린 경우도 많았다. 그러나 엄연히 권력자였다. 대부분은 그 권력을 마다하지 않았을뿐더러, 최대한 행사하려 들었다.

그들은 어떤 경우에도 죄수에게는 존댓말을 하지 않았다. 20, 30대 교도관이 50, 60대 재소자에게 서슴지 않고 반말을 해대는 것은 일상적인 풍경이었다. 당시 사기방에는 허리가 구부정하고 동작이 굼뜬 계巿 사기 할머니가 계셨는데, 칠순을 바라보는 그분의 수번囚番은 4027이었다. 40여 년이 지난 지금까지 내가 이 할머니의 수번을 기억하는 건 기억력이 비상해서가 아니다. 할머니가 교도관들에게 워낙 자주 혼났기 때문이다. "사공이칠 뭐해? 빨랑빨랑 안 나오고" "사공이칠 면회 왔어" "사공이칠 또 늦으면 운동 뺄 거야" 등등. 심지어 교도관 시험에 합격해 갓 발령받았다는 솜털 보송보송한 교도관도 처음에는 '순진하게' 존댓말을 쓰다가 이내 교도소의 문법에 적응했다. 나는 교도관들 교육지침에 존댓말을 쓰지 말라는 규정이 있는지 자못 궁금했다.

그런데도 재소자들은 반발은커녕 아부하느라 여념이 없었다. 손녀뻘 교도관의 칭찬을 받기 위해 할머니뻘 재소자들은 응석을 부리고 아첨도 떨었다. 바깥에서 넣어주는 요구르트나 달걀 따위를 건네면서 '수고하시는데 제발 좀 드시라. 너무 약소해서 죄송하다'고 애원하는 그녀들을 보면서 처음엔 내 얼굴이 화끈거렸다. 그러나 시간이 흐르면서 달리 생각하게 되었다. 어쩔 것인가. 바깥에서의 나이와 지위, 이른바 '계급장'을 다 떼어놓고 온 이곳. 유일한 권력이란 간수의 권력뿐인 것을. 나가는 그날까지 최대한 편하게 살고자 마지막 남은 자존심까지 버리려는 그들을 내가 무슨 권리로 탓할 것인가.

심리학 이론에 '죄수와 간수' 실험이라는 것이 있다. 무작위로 선발된 사람들을 죄수와 간수 두 팀으로 나누어 일정 기간 가두어놓으면, 실험이 끝날 무렵 죄수는 비굴하게, 간수는 교만하게 행동하는 게 패턴화된다는 것이다. 그러니 실제 죄수와 간수는 말해 무엇하랴.

그러나 인정 많고 정의감 있는 교도관도 있었다. 당시 교도관 시험에 합격하자마자 성동구치소에 배치된 교도관이 둘 있었는데, 그중 한 명이 우리 공범 세 명과 우리보다 몇 달 늦게 들어온 YH 노조원들에게 남의 눈을 피해 세상 돌아가는 소식을 전해주고 요모조모 마음을 써주었다. 그녀는 유일하게 재소자에게 끝까지 존댓말을 썼다.

부마항쟁이 터진 직후 그녀가 한밤중에 우리 방 앞을 지나다가 갑자기 "4141, 이거 내가 보던 책인데 한번 볼래요?" 하고 나를 불렀다. 다른 이유가 있다고 직감했다. 다가가서 책을 받는데 그녀가 눈을 찡긋하면서 손가락으로 책갈피를 가리켰다. 과연 거기에는 오려낸 일간지 기사가 들어 있었다. 부마항쟁 관련 뉴스! 마음속에 찌르르 전기 같은 것이 흘렀다. '고마워요, 정말 고마워요. 이 은혜 잊지 않을게요.'

그러나 '수호천사'의 날개는 교도소측에 꼬리를 밟히고 말았다.

영초언니가 외부인에게 보내는 편지(속칭 비둘기)를 받아 사물함에 보관하고 있다가 재소자의 밀고를 받은 교도소측의 긴급 수색 과정에서 발각되어, 즉각 파면된 것이다. 교도소를 떠나는 날 그녀는 '4141'에게 작별 인사를 하러 들렀다. 걱정했던 것과 달리 얼굴이 밝았다. "어차피 사표를 낼 생각이었는데 몇 달 당겨진 셈이에요, 잘됐지요 뭐."

동태가 수상한 신입 죄수

사기방은 간이 화장실을 포함해 총 3.3평. 그 좁은 공간에 서른 명 가까운 재소자가 살을 부벼댔으니, 수사받던 밀실에 비해 천당처럼 여겨졌던 그곳이 지옥으로 바뀌는 데는 그리 긴 시간이 걸리지 않았다. 목욕은 일주일에 한 번. 그때마다 새소자늘은 시간을 절약하기 위해 발가벗고 목욕탕이 있는 곳까지 뛰어가야만 했다. 돌아올 때도 마찬가지였다. 처음엔 수치심으로 몸이 오그라드는 것 같았다. 할 수만 있다면 목욕을 포기하고 싶었다. 부끄러움보다도 더 견디기 힘든 건 사람을 그런 식으로 다루는 교도 행정에 대한 분노였다.

필사적으로 달려간 우리에게는 뜨거운 물 한 양동이가 지급되었다. 이 물을 찬물과 섞어 요령껏 머리를 감고 잽싸게 온몸을 씻어내야 했다. 어리바리한 신입 중에는 머리칼에 잔뜩 엉겨붙은 비누 거품도 채 씻어내지 못한 채 '목욕 끝'이라는 매몰찬 구령에 울상을 지으며 되돌아서는 이도 있었다.

햇살이 조금씩 따갑게 느껴지던 6월 초순, 운동을 나갔다가 물색 고운 명주 이불이 널린 걸 보았다. 교도소 전체를 물들인 유일한 컬러인 잿빛에 익숙해진 눈에는 그 화사한 색깔이 비현실적으로 느껴졌다. 옆을 둘러보니 알록달록한 아기 담요도 있었다. 사제 이불이 분명했다.

아직도 남은 빨래를 널고 있는 '소지'에게 눈짓으로 물어봤더니 입을 삐죽거리면서 볼멘소리를 했다. "글쎄, 내가 지네 집 식모인감. 지네 집 빨래를 죄다 끌고 와 빨아달라 하질 않나, 속옷까지 맡기질 않나, 나 원 더러워서." 목욕물을 조금만 더 쓸라치면 지휘봉을 탕탕 내려치는 그들이 사적인 일로 뜨거운 물을 물쓰듯 쓴다는 걸 그제서야 알게 되었다.

사정이 이렇다보니 여름으로 접어들면서 사동 안은 늘 몸냄새, 땀냄새, 생리혈 냄새로 머리가 지끈거렸다. 구치소측은 냉수욕이 가능해지자 목욕 횟수를 이틀에 한 번 꼴로 늘렸지만, 가만히 있어도 땀이 줄줄 흐르는 계절이어서 냄새는 가시지 않았다. 방안에 있는 재래식 화장실 냄새까지 가세해 지옥이 따로 없었다. 수사받던 모텔이 인간 내음이 나지 않아 지옥이었다면, 교도소는 인간 내음 때문에 지옥이었다.

저마다 신경이 칼끝처럼 곤두선 재소자들은 걸핏하면 머리채를

잡고 싸움질을 해 복도로 끌려나가 벌을 서곤 했다. 이런 상황에서 신입이 들어오는 건 한마디로 '지옥의 정원 초과'를 의미했다.

어느 날 밤, 철커덕 자물통 소리와 함께 몸피가 좋은 중년 여자가 보퉁이를 끼고 들어섰다. 간통 피의자였다. 간통방 인원이 너무 많아 당분간 이 방에 둔다는 교도관의 설명이었다. 모두 입맛이 쓴 표정이었다. 사기방 여자들은 '본처 의식'이 뚜렷한데다 이곳에 와 있는 동안 남편이 이혼이라도 하잘까봐 전전긍긍하는 처지여서, '간통'을 유난히 미워했다. 세상에 무슨 할 짓이 없어 유부남이랑 붙어먹어 남의 가정을 파괴하느냐는 것이었다. 죄목도 미운 판에 더운 여름에 덩치까지 큰 신입이었으니 곱빼기로 미운털이 박힐 수밖에.

신참 순서로 화장실 가까운 곳에서 자는 것이 교도소 수칙 제1조. 자연히 신입은 내 이웃이 되었다. 아무리 신참이라곤 하지만 그녀의 허둥대는 모습은 유별났다. 조금이라도 고참인 내가 도와야겠다 싶어 이야기를 나누다가 그녀가 가진 불안감의 정체를 알게 되었다. 지압사 출신인 그녀는 유치장에 면회 온 지인이 찔러준 담배를 몰래 피우다가 남은 두 개비를 딱성냥과 함께 생리대에 숨겨 들여왔단다.

남사男舍에서는 담배가 조직적으로 유통된다는 이야기를 들었지만, 여사에서는 실제 판매는커녕 풍문으로도 들어본 적이 없었다. 정말인가 의심이 들었다. 신입이 들어오면 여사에서는 실오라기 하나 못 걸치게 하고 '앉아 일어서'를 반복시켰다. 흉기가 될 만한 물건이 교도소로 반입되는 걸 막기 위해서였다(최근 교도 행정 실태 조사에서 여성 죄수의 67퍼센트가 '알몸 신고'에 수치심을 느낀다고 응답했다는 보도를 보면서 이 제도가 여전히 남아 있음을 알게 되었다). 들어올 때 수색당하지 않았느냐고 물었더니 그날 근무자 교대가 막 끝난 시간이어서 대충 하더란다. '우와 담배다! 얼마 만이냐' 속으로 환호했다.

그뒤 그녀와 나는 틈나는 대로 남의 이목을 피해 '중대사'를 논의했다. 구중심처, 겹겹이 철문을 넘고 또 넘어 구치소에 갖고 들어온 담배를 그냥 버리려는 그녀를 설득했다. 용케 이곳까지 들여왔는데 포기하기엔 너무 아깝다, 다음 검방(소지품 검사) 때까지는 시간이 있으니 어떻게든 방법을 찾아보자는 내 꼬임에 그녀는 넘어갔다. 그뒤 며칠은 소풍을 앞둔 초등학생처럼 설레는 마음으로 보냈다.

그러던 어느 날 방 식구 대부분이 공장으로 사역하러 나가고, 몇몇은 면회를 나가 기적적으로 둘만 남게 되자, 우리는 누가 먼저랄 것도 없이 공모의 눈길을 번뜩였다. 그녀에게 한 개비를 받아든 나는 화장실로 들어갔다. 바깥 복도에 앉아 있는 교도관의 시선을 차단하기 위해 그녀는 비닐 문짝(바깥에서 자살 여부를 감시할 수 있도록 반투명 비닐을 쳐놓는다)이 달린 화장실 앞에 떡 버티고 앉았고, 나는 바닥에 쪼그려 앉아 귀하디귀한 담배를 조심스레 빨아들였다.

　겨우 두어 모금이나 피웠을까. 휘잉~ 머릿속이 갑자기 어지러워지더니 일순 아뜩해졌다. 하마터면 화장실 바닥에 쓰러질 뻔했다. 들킬세라 겁이 나고 속도 울렁거려 그 아까운 담배를 푸세식 변기통 속으로 던지고 말았다. 휘리릭~ 그토록 고대했던 담배와의 재회는 허무하게 끝났다. 그녀와 나는 구치소에서 담배를 피우는 건 역시 무리라는 결론을 내리고, 남은 '돗대'마저 눈물을 머금고 버렸다.

석수아파트
습격 사건

큰애가 배밀이로 마룻바닥을 기어다닐 때였으니, 전두환 정권이 '정의사회 구현'이라는 깃발 아래 온갖 폭압적인 지배와 불의를 자행하던 무렵이었다. 6월항쟁이라는 동이 트기 전 어둠은 유난히도 짙었다. 1980년 '서울의 봄'이 꿈결처럼 허망하게 지나간 뒤여서 절망은 더 깊었다. 따뜻한 봄 뒤에 뜨거운 여름이 아닌 매서운 겨울을 맞은 황량함이란.

그 무렵 나는 낮에는 갓난애를 돌보는 서투른 초보 주부, 밤에는 날품팔이 원고 노동자로 살아가느라 경황이 없었다. 예전에 가까웠던 사람들과 만날 틈도, 만날 여력도 없었다. 일상이 내지르는 잔 주먹에 맞아 그로기groggy가 된 상태라고나 할까.

세상이 어찌 돌아가는지에 대해서도 관심을 두지 않았다. 알면 더 숨막힐 것 같아서 아예 외면하고 살았다.

"우선 담배부터 치우고 보자"

일상이 고인 물처럼 답답하지만 고요하게 흐르던 어느 날, 현관에서 '딩동' 초인종 소리가 났다. 늘 마실 오는 앞집 아줌마다 싶어 그냥 열어줄까 하다가, 무심코 물었다. "누구세요?" 그러자 묵직한 바리톤 음성으로 "아 예, 좀 여시지요"라는 대답이 되돌아왔다. 어디선가 많이 듣던 그 억양, 그 목소리. 형사다!

현관 쪽으로 향하던 다리가 그 자리에 얼어붙었다. 그러나 마냥 그러고 있을 수만은 없었다. 심장이 덜덜 떨렸지만 안간힘을 다해 발자국을 떼어놓았다. 현관문에 달린 보안경으로 바깥을 내다보았다. 돼지 같은 인상에 체격이 산더미만한 남자, 이쪽을 향해 등을 돌리고 서 있는 또다른 남자, 2인 1조였다. 불행하게도 내 짐작이 맞아떨어진 것이다.

살그머니 잠금장치를 하나 더 채우고 돌아서서는 아이가 있는 방으로 후다닥 뛰어들어가 안에서 방문을 잠갔다. 아이가 문소리에 놀라 나를 빤히 쳐다보았다. 와락 아이를 껴안았다. 갑갑했던지 아이는 자지러지게 울었다. 더 초조해졌다. 그 남자들이 아이 우는 소리를 들었을 텐데 싶어서.

대체 무슨 일인가. 그동안 그저 먹고사는 일만 하면서 정말 조용히 지냈는데. 인천에서 노동운동을 하는 남편에게 무슨 일이 생겼나. 아님 내가 아는 누군가가 무슨 일을 저질렀나. 아님 내가 지난달 잡지사에 넘긴 원고에서 무슨 꼬투리를 잡혔나. 추리는 꼬리에 꼬리를 물고, 자기 검열의 질문이 끝없이 이어졌다. 영화 〈올드보이〉에서 주인공은 술 마시고 퇴근하던 길에 느닷없이 누군가에게 붙들려 15년이나 사설 감옥에 갇힌 채 '자기도 모르게 저지른 자기의 죄'를 되돌아보고 자백하기를 강요받는다. 그때의 내가 꼭 그 짝이었다.

시간은 길고 고통스럽게 느릿느릿 흘러갔다. 바깥의 남자들은 초인종을 신경질적으로 눌러대다가 한참 조용하다가 또 눌러대는 일을 되풀이했다. 그럴 때마다 심장이 졸끼졸끼 조여드는 기분이 들었다.

최초의 충격이 가시면서 예전 일이 문득 떠올랐다. 그러자 일단 가능한 한 모든 증거를 없애야 한다는 생각이 들었다.

내가 맨 처음 한 일은, 온 집안에 널린 담배와 라이터 그리고 재떨이를 미친듯이 그러모아 쓰레기통에 버리는 것이었다. 그다음에는 집안에 있는 책 중에서 노동, 인권, 현대사, 중국 따위 제목이 붙은 책들과 남편이 집에 들고 온 유인물을 추려내는 작업에 착수했다. 혼도 넋도 다 빠진 상황에서도 의식은 명료하게 작동했으니, 경찰에게 트집 잡힐 만한 이른바 '불온서적'을 도서관 사서처럼 민첩하게 가려냈다. 그 책들을 비닐봉지 여러 개에 담아서 쓰레기 배출구(배출구 손잡이를 잡아당기면 1층 쓰레기 소각장으로 쓰레기를 투하할 수 있었다)로 내던지기 시작했다.

그러는 동안 바깥에서는 초인종이 몇 초 간격으로 요란스레 울려대더니, 이윽고 관리사무소 아저씨들까지 동원된 눈치였다. "접니다. 아주머니 계신 거 다 압니다. 아무 일도 아니라니 좀 열어보세요. 저희들이 보증합니다."

한 번 속지 두 번 속나. 그 옛날 제주도에서 밥 먹다가 엄마 앞에서 끌려갈 때도 그랬지. 아무 일도 아니라고, 단순히 물어볼 게 있어서 그런다고.

배출구로 서너 차례 쓰레기를 버리다가 문득 예전에 형사들이 우리 수유리 자취집에서 쓰레기통에 버린 메모까지 다 주워다가 복원해낸 사실을 떠올렸다. 지금까지 헛수고를 했구나 싶었다. 다시 몇 권의 일기장을 미친듯이 뜯어내서 화장실로 끌고 갔다. 쓰레기통에 버린 라이터를 다시 주워 노트 더미에 불을 붙였다. 불이 붙는가 싶었는데 귀퉁이만 태우고 시르죽죽 꺼지고 말았다.

다시금 한장 한장 태웠다. 환기창이 따로 없고 환기 시설도 시원치 않아 화장실 천장에는 그을음이 잔뜩 묻고 안은 연기로 가득 찼다. 그들은 무언가를 태웠다는 걸 금세 알아차리겠지만 그래도 증거를 없애는 게 더 나았다. 기껏해야 때리기밖에 더하겠는가.

아이야, 어찌 살거나

힘닿는 대로 태울 수 있는 모든 것을 태우고 나니, 다리가 후들거리고 힘이 쭉 빠지는 느낌이 들었다. 덜덜 떨면서 걸어서 10분 거리인 시댁에 전화를 걸었다. 다행히도 시아버지가 받으셨다. "아버님, 큰일났어요. 형사들이 저희들을 잡으러 왔어요. 빨리 와주세요." 시아버지는 알았으니 당신이 도착할 때까지는 절대로 문을 열어주지 말라고 신신당부하셨다.

전화를 끊고 마루로 나와 바깥을 내다보니 이번에는 한 무리의 남자들이 우리가 사는 3층 외벽 쪽으로 사다리를 걸치고 있는 게 아닌가! 현관문을 안 열어주니 베란다 창문으로라도 들어오려는 것 같았다. 제발 빨리 오세요 아버님, 마음속으로 외쳤다.

얼마 지나지 않아 현관문을 두드리는 소리와 함께 귀에 익은 시아버지 음성이 들렸다. "둘째야, 나다. 걱정 말고 문 열어라." 조심스레 손잡이를 돌리고 잠금장치를 풀자마자 보안경에 비쳤던 남자들이 시아버지보다 먼저 튀어들어왔다. 그들은 내가 걱정한 책 따위는 쳐다보지도 않고 집안 구석구석을, 심지어 싱크대 선반과 쌀통까지 샅샅이 뒤졌다. 그러더니 그중 한 사람이 내뱉듯 말했다. "이년이 벌써 알고 내뺐구면." 그제서야 남편도 나도 아닌, 어떤 증거물도 아닌 어떤 여자 때문에 쳐들어왔음을 눈치챘다.

아니나 다를까, 그들은 영초언니를 붙잡으러 우리집에 온 것이었다. 시국사건으로 수배된 그녀에게는 체포 시 1계급 특진이 걸려 있었고, 경찰은 그녀가 은신할 만한 곳을 찾다가 후배인 나를 생각해낸 것이었다. 혹시나 하고 급습했다가 안에서 완강하게 저항하자 그들은 이곳에 숨어 있다고 확신하고 가까운 안양경찰서에 추가 병력 지원을 요청했다면서, 쪽팔리게 생겼다고 투덜댔다. 시아버지도 아파트 입구에서 요란하게 사이렌을 울리면서 들어서는 경찰 백차를 보았단다.

한바탕 소동 끝에 그들이 물러가고 시아버지까지 집으로 돌아가셨다. 그제서야 맥이 탁 풀리면서 마룻바닥에 주저앉았다. '이런 세상에, 아이야, 어찌 살거나.' 그 와중에 맨 처음 한 일이 담뱃갑과 라이터를 치운 것이라니, 내가 생각해도 한심하기 짝이 없었다.

벌써 잊었다고, 다 지난 일이라고 생각했는데, 착각이었다. 지옥에서 보낸 한철이 남긴 트라우마는 의식 저 밑바닥에 눌어붙어 있다가, 그날 불쑥 모습을 드러냈다.

4부

흡연 여성
잔혹사

비정한 모정

아무리 골초 여성일지라도 임신을 전후해서는 금연을 진지하게 생각하기 마련이다. 애를 갖기 전에 담배부터 끊는 이도 있고, 미리 끊지 못했어도 임신 사실을 알고 난 직후부터 금연에 돌입하는 이들이 대부분이다. 아이가 들어섰다 하면 아예 속에서 받지 않는다는 이도 있고, 아이를 위해 눈물을 머금고 참는다는 이도 있다. 전자가 생물학적 모성애가 작동된 경우라면, 후자는 학습된 모성애가 발휘된 경우다.

불행히도 내게는 생물학적 모성애가 전혀 작동되지 않았다. 오히려 그 반대에 가까웠다. 임신하니 담배가 더 당겼다. 비난받을 각오를 하고 직설화법으로 말하련다. 나는 아이를 가지고도 담배 피우기를 중단하지 않았다. 돌이켜보면 두 아들에게 참으로 미안한 일이지만.

자리젓으로 입덧을 이기고

첫애를 가졌을 때는 유난히 입덧이 심했다. 처음 두어 주는 속이 느글느글해 찬물 말고는 아무것도 먹을 수 없었다. 심지어 전기밥솥에서 밥이 뜸들 때 풍겨나는 구수한 냄새조차 맡기 싫었다. 주걱으로 밥을 푸다 말고 우웩 하면서 화장실로 달려간 적도 있었다. '식탐은 나랏님도 구제 못 한다'는 타박을 들을 만큼 먹을 것을 밝히던 나, 아무리 속상해도 맛난 음식 앞에선 단박에 입이 헤벌어지던 나로서는 상상도 못 한 일이었다.

불현듯 고향 제주도의 자리젓 생각이 났다. 그걸 먹으면 거북한 속이 가라앉을 것 같다는 묘한 확신이 들었다. 어릴 적에 어른들이 맛있게 먹는 걸 바라보기만 했었다. 허나 그 냄새가 싫어 한 번도 안 먹은 자리젓이었다. 그게 뜬금없이 생각나다니, 유전자 정보라는 게 확실히 있는 것 같았다. 전화로 친정어머니에게 이야기했더니 당장 항공화물로 부치셨다.

허겁지겁 꾸러미를 풀었다. 아, 쿰쿰하고 퀴퀴하기로 치면 모든 젓갈 중에서도 첫손 꼽힐 자리젓 냄새! 어머니가 그랬듯 밥을 물에 말아서 손으로 죽죽 찢은 자리젓을 숟가락에 척 걸쳤다. 신기하기도 하지. 밥냄새만 맡아도 헛구역질을 했는데 밥 한 공기를 다 해치우고도 모자라 더 퍼다 먹었다. 고향의 음식이 지닌, 기적 같은 치유 능력이었다.

자리젓 한 가지에 밥 한 그릇을 뚝딱 해치우고 난 뒤, 느긋하게 피우던 담배의 맛이란! 출구가 보이지 않는 그 지긋지긋한 입덧의 터널을 통과하도록 도운 건 조상의 음식인 자리젓과 내 기호품인 담배였다.

나라고 다른 임신부처럼 뱃속의 아이를 사랑하지 않은 것도, 일말의 불안이나 죄책감을 느끼지 않은 것도 아니다. 허나 그럴수록 더 담배를 피우고 싶었으니 그 조홧속을 어쩔 것인가. 게다가 내게는 믿는 구석이 있었으니, 대학 시절 의대에 다니던 여자 선배에게서 주워들은 이야기였다. 그녀는 의학적으로 확실하게 입증된 임신중 흡연의 부작용은 태아의 체중 감소뿐이다, 기형아니 무뇌아니 하는 건 여자의 흡연을 금기시하는 남자 의사들의 이데올로기에서 비롯된 주장이라고 일갈했다.

하지만 예비 의사의 말에 전적으로 의지할 수만은 없었다. 망설이다가 다니던 산부인과 의사에게 흡연 사실을 털어놓고 도움을 청했다. 그는 물론 산모나 아이 건강에 나쁜 건 사실이다, 그러나 금연으로 인한 과도한 스트레스가 흡연보다 더 나쁜 영향을 미칠 수도 있다, 웬만하면 끊되, 정 끊기 힘들면 개비 수를 줄이고 마음 편히 피우라고 조언했다. 그는 산모가 행복해야 아이도 행복한 법이라고 덧붙였다.

다행히 다니던 월간 잡지사를 그만두고 자유기고가로 일할 때여서 일의 양이나 근무 형태를 얼마든지 조절할 수 있었다. 담배를 평소의 절반쯤으로 줄이는 게 그리 어려운 일이 아니었다. 그래도 남편은 임신중에도 담배를 끊지 못하는 나를 '비정한 모정'이라고 타박했다.

의사 선생님 말에 적이 마음을 놓았지만 임신부의 흡연을 죄악시하는 풍토에서 두려움이 완전히 해소된 건 아니었다. 출산 예정일이 점점 다가오자 두려움은 눈덩이처럼 커졌고 급기야 공포감마저 들었다. 예정일 사나흘 전부터는 가증스럽게도 평소에 찾지 않던 하느님, 예수님, 부처님, 천지신명님을 죄 불러대며 기도하고 약속했다. "제발 아이를 정상으로 낳게 해주세요. 그렇게만 해주시면 담배를 꼭 끊겠습니다."

출산일을 앞두고 나는 미리 산후 바라지를 해줄 제주도 친정집에 내려가 있었다. 결전의 그날, 진통이 본격적으로 시작되는 것 같기에 비장한 마음으로 '마지막 담배'를 몰래 피운 뒤 집에서 5분쯤 떨어진 병원으로 자진 출두했다. 한데 이게 웬일? 아직 멀었으니 두세 시간 더 있다가 진통 간격이 더 짧아지면 다시 오라는 게 아닌가! 김이 팍 새는 일이었다. 허나 담배를 한 대 더 할 수 있겠다고 생각하니 위안이 되었다. 돌아와서 다시 '마지막 담배'를 피웠다. 스스로도 정말이지 구제불능의 골초라는 생각이 들었다.

분만대기실에서 뒤틀리는 배를 끌어안고 이만하면 아이가 나올 때도 되지 않았냐고 소리질러댔다. 친정어머니는 야박하게도 아직 멀었단다. "하늘이 노래지고 땅이 꺼져야 아이가 나오는 법이여. 아직도 말할 기운이 남았으니 어림도 없다." 그때 엉뚱한 생각이 스쳐갔다. '담배가 있다면 이 고비를 넘기기가 수월하지 않을까.' 인생의 크고 작은 고비마다 늘 함께했던 담배를 정작 내 인생에서 가장 힘든 순간에는 피울 수 없었다.

본격적인 진통이 시작된 지 두어 시간 만인 밤 10시 40분께, 첫 아이를 자연분만하는 데 성공했다. 아이와 내가 몸과 마음을 다해 노력한 결과였다. 입원실이 딱 하나밖에 없는 조그마한 개인병원. 간호사는 갓 태어난 아이를 내 곁에 나란히 뉘어놓았다. 허겁지겁 손을 뻗어 아이의 손가락과 발가락부터 살폈다. 다행히 모든 게 정상이었다. 간호사도 "아이가 엄마 닮아서 목소리도 크고 건강하네요" 덕담을 건넸다. 아이의 체중은 3.1킬로그램.

병원측은 뜨뜻한 온돌방이 입원실보다 낫다면서 그날로 퇴원하기를 권했다. 나중에 들으니 친정어머니는 부랴부랴 집으로 돌아가 방에 보일러를 틀랴, 제주도식 산후조리 음식인 '모밀 조배기'(메밀 수제비)를 쑤랴 정신없이 바쁘셨단다.

자정 무렵 갓 태어난 아이와 함께 개선장군처럼 집으로 돌아간 나는 대사를 무사히 치러냈음을 자축하면서 몰래 담배를 피웠다. 아이만 무사히 낳으면 담배를 끊겠다던 그 절박함을 어느덧 잊은 것이다. 허나 감사의 마음만은 잊지 않았다. 회음부가 채 아물지 않아 엉거주춤 불편한 자세로 담배를 피우면서 골초 산부의 출산을 도운 그 모든 신들께 감사를 드렸다.

얼마 전 한 금연 사이트에 임신 3개월 차인데도 담배를 끊지 못했다면서, 아이를 차라리 유산해야 할지 자기가 죽어야 할지 모르겠다는 글이 올라온 걸 보고 깜짝 놀랐다. 담당 의사에게 상담했더라면 자신을 그렇게까지 극단으로 몰고 가지는 않았을 터. 대부분의 흡연 임신부들은 의사에게 흡연 사실을 말하기를 꺼려 더 큰 고통을 자초한다.

무서운 집착, 처절한 반성

한 아이를 출산한 것만으로도 충분히라고 생각했다. 뱃속의 아이에게 또다시 죄를 짓고 싶지 않았다. 온갖 신들의 이름을 부르며 초조하게 빌었던 마지막 며칠을 떠올릴 때마다 온몸에 소름이 돋곤 했다. 그 끔찍한 입덧의 기억도 여전히 기억에 눌어붙어 있었다.

둘째를 가질 만한 여건도 아니었다. 나이 서른둘의 유부녀인 나는 새로 창간되는 시사주간지 〈시사저널〉에 경력 기자로 입사했다. 경험 많고 능력 있는 남자 동료와 후배에게 처지지 않으려고 육아는 뒷전으로 밀쳐두고 자나깨나 회사일에 매달렸다. 아등

바등 발버둥치는 사이에 세월은 화살처럼 빠르게 흘러갔다.

첫애가 초등학교 입학을 앞두고 있을 무렵. 함께 사는 친정어머니가 오랜만에 대중탕에 함께 다녀오는 길에 아무래도 네가 아이를 가진 것 같으니 산부인과에 들러보라고 넌지시 일렀다. 어머니의 오판이라고 생각하면서도 혹시나 해서 회사 앞 병원에 가보았다. 한데 이 일을 어쩐담! 안면 있는 의사는 "어이구, 아이가 다 컸는데요" 만면에 미소를 띠고 임신 사실을 알려주었다. 무려 12주째. 큰애와는 딴판으로 입덧도 없이 지나간 것이다.

입덧은 없었지만 일 스트레스 때문에 금연을 결심하지 못했다. 첫애를 무사히 낳은 터여서 낙관하는 마음도 없지 않았다.

이번에는 입덧 대신 더위가 복병이었다. 배가 점점 불러오던 1994년 여름 텔레비전에서는 기상캐스터가 "기상대 관측이 시작된 이래로 수은주가 가장 높이 올라갔다"고 호들갑을 떨었다. 5월부터 푹푹 찌기 시작하더니 6월 장마철도 비 한 번 긋지 않은 채 지나갔고, 7월부터는 '가마솥더위'라는 신조어가 등장할 정도로 열대야가 계속되었다. 임신부의 체온은 아이의 체열로 인해 보통 사람보다 1도 정도 높아진다. 단군 이래 최고라는 무더위를 견디기에는 최악의 조건이었다.

에어컨까지 다 꺼진 열대야에 회사에 남아 야근을 할라치면 고문실이 따로 없었다. 건물에 샤워 시설이 없어 숨이 턱턱 막히는 날에는 여자 화장실에 들어가 문을 잠그고 고무호스로 물을 받아 한 바가지씩 끼얹는 응급조처를 취해야만 했다.

집은 사정이 더 나빴다. 17평짜리 좁은 아파트의 지붕과 네 벽은 낮 동안 열을 받아 후끈 달아올라 있었고, 열기를 식힐 것이라곤 털털거리는 선풍기밖에 없었다. 누군가가 얼음을 비닐봉지에 담아 선풍기에 매달아놓으면 냉풍기가 따로 없다고 귀띔해주었다. 밑질 게 없겠다 싶어 해봤더니 효과가 그만이었다. 선풍기가 탈탈탈 돌아갈 때마다 봉지에 담긴 얼음이 타타타타 부스러지며 공기를 시원하게 만들었다.

실내 온도를 조금이라도 낮추기 위해 온갖 묘안을 짜내면서도, 정작 몸안에 불을 때는 흡연만은 멈추지 않았다. 스스로도 이해하기 힘든 무서운 집착이었다. 함께 근무했던 후배들은 지금도 가끔 놀려대곤 한다. 배가 남산만하게 부른 여자가 양반다리를 하고 앉아 한 손으로는 담배를 피우고 또 한 손으로는 컴퓨터 사판을 두드리던 광경이 참으로 엽기적이었다면서.

갓 입사한 남자 수습기자는 그런 광경에 쇼크를 받은 나머지 한동안 내게 말을 건네지도 못했단다. 그 후배는 한참 뒤에야 다른 사람도 아닌 엄마가 어떻게 아이에게 나쁘다는 담배를 피울 수 있는지 내게 따지듯 물었다. 달리 할말이 없어서 대충 얼버무린다는 것이 상대방을 더 어이없게 만들고 말았다. "태어나면 어차피 공해로 찌든 세상에서 살아야 하는데 미리 면역력을 길러주는 것도 그 나름 모성의 배려야. 엄마가 너무 깔끔한 탓에 면역력

결핍으로 병 걸리는 아이도 많다잖아."

그 후배 '으아악' 하더니 말문을 닫고 말았다. 둘째아이는 거꾸로 들어섰단다. 병원측의 권고로 하는 수 없이 제왕절개로 출산했다. 체중은 3.2킬로그램.

문제는 아이의 편도선이 심하게 부어 있는 점이었다. 목구멍이 거의 막힌 것처럼 보일 정도였다. 도둑이 제 발 저린다고 마음 한 구석이 찔렸다. 평소의 절반 이하로 흡연량을 확 줄였던 첫애 때와 달리 직업 스트레스 때문에 시도 때도 없이 담배를 피워댄 끝에 낳은 둘째였다. 나 때문이 아닌가 하는 자책이 들 수밖에 없었다.

편도선에 좋다는 비방을 총동원한 외할머니의 정성 덕분에 둘째는 수술이 필요 없을 만큼 호전되었다. 요즘도 어머니가 아이의 입을 벌려 목구멍을 점검할 때마다 가슴이 뜨끔해진다.

21세기의 마녀들

직장 동료 M은 푸근한 성격의 소유자다. 여자 동료들이랑 하도 허물없이 잘 어울리기에 그 비결을 물어봤더니 대답이 걸작이다. "딸 넷 아들 하나 집안에서 자라서 여자들 틈에 끼어 있으면 절로 맘이 편하다."

외아들 대접을 받기는커녕 누이들 뒤치다꺼리하기에 바빴다. 그에게는 일곱 살, 다섯 살, 두 살 위인 누나 셋과 두 살 어린 여동생이 있었단다. 그가 누이들에게 특히 기여한 일은 담배 빌려주기, 담배 피우는 동안 망 봐주기였단다. 그중 둘째, 셋째 누나와 여동생이 두어 해 간격으로 자기 방을 찾았다나.

조숙한 문제아였던 M은 중학교 2학년 때 집에서 몰래 담배를 피우다가 어머니에게 들켰다. 아내의 긴급보고를 통해 이 사실을 알게 된 애연가인 아버지는 현직 교사답게 점잖은 어조로 건강에 해로우니 끊으라, 정 못 끊겠다면 가급적 좋은 담배를 피우라고 하셨단다. 그날 이후 M은 합법적으로 흡연을 인정받았고, 어머니는 그의 방에 재떨이를 들여놓아주셨다.

누이들이 M의 방을 번갈아 찾은 건 그가 4녀 1남 중 서열은 네 번째였지만 유일하게 흡연권을 보장받은 자식이었기 때문이다. 다시 그가 털어놓는 엽기 경험담.

"어느 날 아버지가 잔뜩 화난 얼굴로 내 방문을 벌컥 열더니 '너 아무리 담배가 궁하기로서니 그럴 수 있냐. 애비의 돗대를 빼가는 놈이 어디 있어?'라면서 다짜고짜 호통을 치셨다. 어이없고 억울했지만, 짚이는 데가 있어 그냥 뒤집어썼다. 학교에서 돌아온 누나에게 물어봤더니 태연한 목소리로 '응 그거, 내가 빼서 피웠지롱. 니가 혼났구나?' 그러는데 정말 얄미워서 혼났다. 지금 생각해도 억울하다."

그렇다. 그 시절 여자들은 대부분 아버지, 남편, 오빠, 애인의 담배를 빼돌려 몰래 피웠다. 심지어 고3 때 담임신생님의 담배를 훔쳐 피웠다는 후배도 있다. 익명성이 보장되는 24시간 편의점이나 담배 자판기가 없던 시절, 웬만한 강심장이 아니고서는 동네 담뱃가게에서 여자가 담배를 산다는 건 '상상할 수 없는' 일이었다. 송창식이 불러 인기를 끈 〈담배 가게 아가씨〉는 담배 파는 아가씨

였지, 결코 담배 피우는 아가씨가 아니었다.

이 여인에게 누가 돌을 던지랴

내가 담배 이야기를 쓴다는 말을 전해 듣고 여자 후배 M이 긴 메일을 보내왔다. M은 철저하게 페미니스트의 관점에서 열정적이고 통찰력 있는 글을 써내는 후배지만, 사석에서 어울린 적이 없었다. 그녀의 글을 읽으면서 담배가 현대판 '주홍글씨'임을 새삼 깨달았다. 글을 읽어내려가는 내내 맷돌을 올려놓은 것처럼 가슴이 무지근했다.

운명이었던 걸까요. 입덧이 유난히 심했던 제 친정어머니는 담배로 입덧을 극복했습니다. 아이를 갖기 전까지만 해도 담배를 피우게 되리라고는 꿈에서도 생각하지 못했던 그런 분이었습니다. 처음 입덧을 시작했을 때, 메슥거리는 속을 어떤 것으로도 달랠 수가 없었다고 합니다. 먹을 수 없는 것들에 대한 이상식욕으로 문틀에 있는 먼지, 연탄재, 문지방에 있는 아주 미세한 흙을 드셨답니다. 반면 사람이 먹을 수 있는 먹거리에 대한 거부감이 극심했고, 후각은 극도로 예민해져서 집안을 하루종일 닦고 청소하는데도 어디서 그리 냄새가 나는지, 심지어 마시는 물에서도 냄새가 나서 물 한 모금 넘길 수 없었답니다.

그런데 어디서 들어오는지 너무도 구수하고 속이 진정되는 냄새를 맡으셨답니다. 그것이 바로 담배였대요. 퇴근하여 돌아올 울 아버지를 기다리셨대요. 솔직히 말하면 남편보다는 남편의 저고리에 들어 있을 담배를 기다렸던 거라고 하셨어요. 왜 사러 갈 생각은 못 했냐고 물어보니 그 생각은 못 하셨대요. 여자가 담배를 피우면 안 된다는 그 시절 사회 인식에서 우리 어머니도 자유롭지 못했던 것이지요.

돌아오신 아버지가 씻으러 나간 사이에 담배 두 개비를 훔치셨답니다. 그리고 아버지가 출근하고 없을 내일을 잠을 설치면서 기다리셨대요. 그다음 날 불만 붙여서 우선 그 연기를 맡아보았답니다.

그 기분은 한마디로 '살 것 같다'였대요. 그러다가 피워보고 싶은 식욕(?)이 당기면서 피우기 시작하셨습니다. 시간이 갈수록 담배가 너무도 좋아지더래요. 그러면서도 입덧만 끝나면 끊게 될 줄 아셨대요. 스물한 살에 그렇게 입덧으로 시작한 담배를 40년 넘게 피우게 될 줄은 정말 몰랐다고 하시네요.

그때부터 아버지와 어머니 그리고 담배, 그들 셋의 전쟁이 시작되었습니다. 아버지의 추궁과 어머니의 잡아뗌을 시작으로 크고 작은 부부싸움이 끊이지 않았답니다. 급기야 아버지가 먼저 담배를 끊으셨대요. 우리 엄마 담배 못 피우게 하시려고. 그러나 우리 엄마는 몰래, 또는 안 피우는 척하면서 끈질기게 버텼답니다. 그러는 사이에 우리 삼남매가 태어났습니다. 건강하게요.

자라면서 뭔가를 알게 되자 아버지가 어머니에게 가하는 부당함이 싫었습니다. 담배 하나 때문에 어머니의 인격까지 매도하는 아버지가 싫었습니다. 아버지의 강요에 엄마는 중독성으로 버티신 것 같습니다. 나중에는 아버지가 "나도 담배를 당신 때문에 끊었어. 당신은 왜 못 끊어?" 하면서 엄마의 의지박약을 성토하셨습니다. 끝없이 반복되는 도돌이표처럼 똑같은 유형으로 시작하고 끝나는 부부싸움, 아수라 지옥 같은 집이 너무 싫었답니다.

그러다가 고등학교 3학년 새 학기가 막 시작될 무렵, 아버지가 우리 삼남매를 불러 앉히더니 "니네 엄마랑 이혼하기로 했다"고 담담하게 말씀하시더군요.

그때 제게 처음 떠오른 생각이 뭔 줄 아세요? 아, 이제 그 지긋지긋한 싸움을 보지 않아도 된다는 안도감이었답니다. 이어서 아, 울 엄마 이제부턴 담배 마음껏 피울 수 있겠네라는 생각이었구요. 이혼한 뒤 공장에 다니며 혼자 사는 울 어머니, 이젠 어떤 제약도 없이 자유롭게 담배를 피우십니다. 남편 없이는 살아도 담배 없이는 못 산다는 울 어머니입니다. 이제는 자기가 번 돈으로 사서 안방에서 느긋하게 피우시는 엄마가 제 눈에는 불쌍하기보다 한없이 자유로워 보입니다. 우리 엄마가 "난 냄새나는 재래식 화장실에서 몰래 피우는 담배가 제일 싫더라. 근데 단칸 셋

방살이에 감시하는 남편 눈을 피하려면 그 장소밖에 없었다. 마음 편히 담배 피울 곳이 거의 없었다"고 말씀하셨거든요.

지가요. 얼마 전 우리 아버지에게 한 방 먹였다 아닙니까.

"아빠, 나가서 담배 한 대 피우고 들어올게. 영남씨도 피우지 않을래?"

애꿎은 제 남편까지 일부러 끌고 나가 담배 피우고 들어왔습니다. 울 아버지 아무 말씀 안 하시더라고요. 아버지의 침묵이 인정이 아님을 알고 있습니다. 아버지의 당황스럽고 떨떠름한 표정은 감추어지지가 않았으니까요. 지 에미랑 똑같군, 똑같아 하는 표정 말입니다. 우리 엄마를 대신해 복수(?)했다고 생각하는 제가 못된 딸인가요?

남자의 턱수염, 여자의 담배

그렇다면 사회는, 남편들은, 남자들은(때로는 여자들도) 담배라면 왜 그렇게 펄펄 뛰는 것일까? 왜 한낱 기호품에 도덕적 단죄를 하려 드는 것일까? 앞에서는 짐짓 관대한 척하는 남자들조차 뒤돌아서면 왜 흉을 보는 것일까? 다른 여성에게는 담배를 권하면서도 제 아내나 여자친구에게는 왜 '너는 절대 피우지 마라'고 말하는 것일까? 몸이 약한 여성에게는 애당초 맞지 않는 기호품이라거나 엄마와 아이의 건강을 위해 좋지 않다는 이유만으로는 납득하기 힘든 과민 반응이다. 몸이 건강한 여성에게도, 애를 안 낳을, 다 낳은 독신 여성에게도 말이다.

그런 '오버'는 다른 각도에서 들여다보아야 제대로 해독된다. 그들은 여성의 흡연을 '참을 수 없는 건방짐' '기성 질서를 향한 도전' '일사불란함을 방해하는 일탈적 행위'로 받아들인다. 그런 방자한 짓을 저지른 '마녀'들은 단죄받아 마땅하다.

비단 여자만이 아니다. 사소한 취향, 별것 아닌 기호가 반체제적이거나 불온한 것으로 치부되는 경우가 종종 있다. 남자에게는 긴 머리나 턱수염 따위가 그런 경우가 아닐까 싶다.

남자들의 세계에서 수염은 '만만치 않은 놈' '뻣뻣한 놈' '자기주장이 강한 놈'임을 드러내는 표식이다. 그러므로 수염을 기른다는 것은 불온한 행위로 해석된다. 아침마다 번거로움을 감수하면서 수염을 깎는 남성들의 세계에서 중뿔나게 턱수염을 기르는 행위는 유별나게, 피곤하게 살겠다고 선언하는 것이나 다름없다. 혁명가들 가운데 유독 턱수염을 기른 이가 많았던 게 우연만은 아니다.

과장이라고? 비약이 심하다고? 그렇다면 박정희 정권 때 대대적인 국가사업으로 수행된 장발 단속을 떠올려보라. 국가 권력이 개인의 머리 길이를 간섭하려 든 것은 요즘 사람들 눈에는 황당한 '코미디'지만, 당대에는 엄연한 '현실'이었다. 가위를 든 사람이나 잘리는 사람이나 모두 필사적이었다. 한쪽은 일사불란한 사회 질서를, 다른 한쪽은 자기 개성을 지키려고 발버둥쳤다.

여자의 흡연도 마찬가지다. 여자가 남들 보는 데에서 드러내놓고 담배 피운다는 것은 더이상 당신들의 뜻대로 길들여지지 않겠다는 의사 표시로 받아들여진다. 혹은 아예 길들여지지 않는 여자이거나. 리처드 클라인은 말한다.

공공연하게 담배를 피우는 여성은 여자라면 마땅히 베일로 얼굴을 가려야 한다고 생각하는 사람들의 기분을 상하게 한다. 그녀가 빨아대는 모든 담배 연기는 그녀가 호흡을 하기로, 그것도 전적으로 그녀 자신의 호흡을 하기로 결정했음을 선포하는 것이다.

자기의 생각을 자기의 언어로 표현한 여자들이 중세의 종교재판에서 마녀로 몰렸듯이 자기만의 호흡을 하기로 결정한 여자들은 현대판 마녀로 단죄된다.

중세의 수많은 여자들이 마녀로 몰려 화형당할까봐 몸을 숨겼듯이, 현대판 마녀들은 숨어서 담배를 피운다.

리처드 클라인은 말한다.
"그녀가 빨아대는 모든
담배 연기는 그녀가 호흡을 하기로,
그것도 전적으로
그녀 자신의 호흡을 하기로
결정했음을 선포하는 것이다."

스스로 감옥에
갇히는 여자들

그런 일들이야 다 예전에 벌어진 일 아니냐, 요즘 세상에 몰래 담배 피우는 여자가 어디 있느냐는 사람도 있다. 그런 말이 나올 만도 하다. 요즘에는 담배 피우는 여자들을 보는 것이 새삼스럽지 않다.

어떤 장소, 어떤 모임에서는 담배 안 피우는 여자를 세는 편이 더 빠를 정도다. 어둑한 칸막이 카페가 유일한 해방구이던 시절은 지나갔다. 도심 한복판 흡연구역에 옹기종기 모여서 담배를 피우는 이들 중에는 외려 여자들이 더 많이 눈에 띄기도 한다. 다방에서 담배 피우다가 파출소에 끌려가고 술집에서 담배 피운다는 이유로 매맞던 시절과 견주면, 세상이 많이 달라진 것처럼 보인다.

그러나 혹시 의문을 가져본 적은 없는가? 여성 흡연 인구가 해마다 늘어나고 여중생 여고생의 흡연은 그보다 더 빠른 속도로 늘어난다는데, 가는 곳마다 담배를 꼬나문 여자 천지인데도, 왜 당신이 아는 여자들 중에는 흡연자가 드문지를. 왜 당신의 아내, 애인, 딸, 형수, 제수, 동서, 시누이, 올케는 한결같이 담배를 피우지 않는지를. 우리가 목격한 그 수많은 흡연 여성은 몽땅 외국 여자거나 술집에서 일하는 여자인가? 아니면 '환상 속의 그대'인가?

"울 아빠 아시면 '죽음'이에요"

2003년 초가을 저녁 동대문 두산타워 앞, 으슥한 구석에 놓인 나무벤치. 여자 넷이 몰려 앉아 담배 연기를 뿜어댄다. 화사하고 개성적인 옷차림, 팽팽한 피부에서 젊음이 절로 배어나온다.

그러나 왠지 모르게 움츠리는 듯한 분위기가 느껴진다. 그녀들은 비좁은 벤치에 옹색하게 구겨 앉았으면서도 텅텅 비어 있는 벤치로 옮겨갈 생각은 하지 않는다. 그중 한 명에게 넌지시 물어본다. "저쪽 벤치들은 다 비어 있는데." "거긴 사람이 많이 지나다니잖아요?" 몰라서 묻느냐는 투다.

그녀의 머릿속에 자기검열 장치가 작동중임을 알아차린 나, 내친김에 다시 묻는다. "집에서 담배 피우는 거 알아요? 남자친구는요?" "당근 모르죠. 다른 여자들이 담배 피우는 건 괜찮은데, 내가 피우는 건 싫대요." "울 아빠 아시는 날에는 둑음이에요." 한 친구가 손을 자기 목에 쓰윽 갖다대면서 '죽음'을 우스꽝스럽게 발음하는 바람에 웃음판이 벌어졌다.

거리에서 피울 정도면 꽤나 강심장을 가진 여성들이다. 들어보니 담배를 피운 이력도 꽤 되고 흡연량도 상당한 수준이다. 그런데도 엄마 아빠는 물론이고 남친도 담배 피우는 걸 모른단다. 그중 한 명은 자기는 남친이랑 사이좋게 함께 피운다면서, 하나 남은 꽁대를 아낌없이 주는 것이야말로 진정한 사랑 아니겠냐고 까르르 웃었지만.

'아빠가 알면 둑음, 남친이 알면 절교.' 바로 이것이 담배 피우는 여자는 많은데 정작 당신 주변에는 흡연 여성이 없는 수수께끼를 풀어내는 키워드다.

그들은 모르는 사람 앞에서는 익명성에 기대어 자신 있게 담배를 피우지만 가족이나 직장 동료들에게는 흡연 사실을 철저히 숨긴다. 그들은 공개 흡연과 몰래 흡연을 하루에도 몇 번씩 넘나든다. 이따가 종로2가에서 남친을 만난다는 한 여성, 앞으로 몇 시간은 피우지 못한다면서 두어 개비를 몰아서 피운다. 그녀의 친구는 "으이구, 왕내숭이 따로 없다니까" 눈을 흘긴다.

그녀들의 의식 세계에는 19세기와 20세기 그리고 21세기가 뒤엉켜 있다. 그런 그녀들을 바라보는 나 역시 혼란스럽다. 거리에서는 피우면서도 가장 친한 남친 앞에서는 못 피우는(혹은 안 피우는) 그녀들에게 담배는 자유인가 족쇄인가.

하기야 그녀들을 탓할 일만은 아니다. 한 결혼정보회사가 실시한 '흡연에 대한 태도 조사'는 세상이 크게 달라지지 않았다는 걸 보여주었다. '남자는 괜찮지만 여자는 절대 안 된다'는 응답이 남녀 모두에서 가장 높게 나타났다. 마녀들이 세상을 못 믿는 것은 어쩌면 당연한 일일는지도 모른다.

그래서 마녀들은 자신이 스스로 만든 감옥으로 도피한다. 그것이 더 큰 형벌인 줄도 모른 채.

"정말 더럽고 치사하고 쪽팔려서"

인터넷 금연 사이트에 올라온 한 주부의 글이다. 그녀의 사연은 '몰래 흡연'이 스스로에게 가하는 얼마나 지독한 형벌인가를 여실히 보여준다.

내가 의지가 이렇게 약하리라고는 생각도 못 했습니다. 신랑 모르게 피우니 자꾸만 더 집착하게 되는 것 같아요. 신랑 퇴근 시간이 다가오면 안 피워도 될 담배를 '우웩' 해가면서 줄담배로 피웁니다. 좀 있으면 못 피운다는 초조함에.

늘 생각합니다. 난 미친년이다. 아무도 모르겠지요. 제 나름으로 똑똑하고 아이 잘 키우고 부지런하고 싹싹하고…… 누구도 제가 집 한구석에 숨어서 미친듯이 담배 연기를 뿜어대는 무식하고 지저분한 여자라는 걸…… 모르겠지요?

일요일은 신랑이 집에 있으니 하루종일 뭐 마려운 강아지마냥 미칩니다. 결국 참지 못하고 오후가 되면 찜질방 간다고 하고 나옵니다.

찜질방에서 한 갑 피우고 집에 오죠. 이쯤 되면 중독 이상이죠. 또라이 수준이죠.

어제는 신랑이랑 말다툼이 있었는데 확 미치겠드라구요. 그래서 옷 입고 차 키 들고 나왔어요. 세 개비 연달아 피우고 나니 집에 가서 뭐라 하지 싶어 맥주 핑계 대려고 두 병 사들고 갔답니다. 울 신랑 "담배 피우고 왔냐?" 알고 있었단 거죠. 난 모르는 줄 알고 미친듯이 피워댔는데 알고 있더군요.

스스로 레즈비언임을 밝힌 무척이나 씩씩하고 쾌활한 후배가 하나 있다. 그녀가 담배에 대한 이야기를 하다가 그녀답지 않게 착 가라앉은 어조로 말했다.

"담배 피우면서 가장 끔찍한 순간이 언젠지 아세요? 담배를 물고 있는 순간에도 '아, 담배 한 대 피우고 싶다'고 생각하는 나 자신을 발견할 때예요."

'나는 너를 보고 있어도 네가 그립다'고 노래한 시인이 있었다. 채워지지 않는 열망, 허기진 욕망이다. 그녀에게 담배는 늘 그런 존재란다. 아무때나 피울 수 없으니 피울 수 있는 순간에는 헛구역질을 할 정도로 몰아서 '땐다'. 심지어는 피우고 있으면서도 담배를 그리워한다. 담배에 몸과 마음을 빼앗겨본 사람이라면, 피우고 싶을 때 못 피우는 그 심정을 안다. 그게 얼마나 큰 고통인지를 안다.

"중고교 시절 친구 서넛이 화장실에서 담배를 돌려가면서 피우곤 했다. 수업 시간에 애써 참았다가 피우는지라 담뱃불을 놀리는 법이 없었다. 계속 빨아대는 아이들 때문에 담배는 재가 생길 틈이 없이 늘 벌겋게 달아올라 있었다."

영화 〈말죽거리 잔혹사〉의 배경이 된 시대에 중고교를 다녔다는 40대 중반 남자가 들려준 그때 그 시절 풍경이다. 몰래 피우는 여자들은 지금도 그렇다. 절대로 담배를 놀리는 법이 없다. 마치 걸신 들린 사람이 배가 불러터져도 수저를 못 놓듯이, 그네들은 피우고 또 피운다. 혼자 피우는데도 웬만해선 재를 만들지 않는다.

한데, 다 큰 여자의 흡연은 미성년자의 흡연보다도 더 절박하고 초조하다. 어느 모임에서 40대 초반 여성이 자조적으로 말했다. 흡연에서는 중고교생보다도 못한 게 여자라고, 빨리빨리 늙어서 마음껏 피우고 싶다고, 할머니가 되면 주위에서도 담배 피울 자격을 인정해주는 것 같더라고. 그러자 다른 여자가 재빨리 응수했다. "야, 그게 인정하는 거니? 여자 아니라고 생각하고 포기하는 거지." 다들 웃었지만 뒷맛은 씁쓰레했다.

그들은 오늘도
차 안에서, 아파트 층계참에서,
옥상에서, 베란다에서,
부엌 한 귀퉁이에서, 다용도실에서
푸르른 봉홧불을 피워올린다.
외롭고 상처받은 영혼의 봉홧불을.

몰래 흡연하는 가정주부들의 특징 중 하나가 청소를 무지무지 열심히 한다는 점이다. 행여 냄새가 밸세라 집안 구석구석을 쓸고 닦고 방향제를 뿌려댄다. 결혼하지 않은 여자들은 담배를 피우고 나면 증거를 없애느라 이를 닦는다, 향수를 뿌린다, 야단법석을 피운다. 치약이나 향수를 다른 사람에 비해 곱절은 더 쓴다는 이들도 있다.

그런 고역을 치르면서도 그들은 오늘도 차 안에서, 아파트 층계참에서, 옥상에서, 베란다에서, 부엌 한 귀퉁이에서, 다용도실에서 푸르른 봉홧불을 피워올린다. 외롭고 상처받은 영혼의 봉홧불을.

그들의
의자에 앉아서

가정주부들만이 아니다. 남자 몇은 너끈히 당해낼 것 같은 당찬 직장 여성 중에서도 '몰래 흡연'을 하는 이는 의외로 많다.

B는 올해로 직장 생활 10년 차인 커리어우먼. 업무 능력도 탁월하고 성격도 시원시원하고 회사 안에서 바른말도 잘한다. 에너지가 흘러넘쳐 주위 사람들까지 절로 기운나게 만드는 직장인이다.

그런 그녀에게도 아킬레스건이 있었으니, 다름 아닌 담배였다. 똑똑한 그녀는 직장에서 자기가 흡연자라는 사실을 절대로 드러내지 않는다. 앞에서는 웃으면서 넘어갈지 모르지만, 맹수들이 득시글대는 정글 같은 직장생활에서 언제 어떻게 누구로부터 뒤통수를 맞게 될지 모른다는 것이다. 주변의 따가운 시선을 각오하면

서 힘들게 피우기보다는 참는 게 오히려 속 편하다는 그녀다. 정
못 견디게 생각나는 날에는 택시를 잡아타고 회사에서 두 블록
떨어진 단골 카페에 가서 '응급조치'를 하고 사무실로 되돌아올
만큼 그녀의 은폐 전략은 철두철미했다.

어느 토요일 오후, 그녀는 퇴근길에 회사에 두고 온 서류가 생
각나 사무실로 다시 들어갔다. 모두들 집에 가고 없는 텅 빈 사무
실은 분주한 발걸음과 시끄러운 전화벨 소리로 가득 찼던 평소와
는 너무나도 달랐다. 그 고즈넉함 앞에서 담배 생각이 절로 났다.
핸드백을 뒤져 담배 한 대를 피워 물었다.

B는 직장 동료들이 삼삼오오 모여 앉아 담배를 피우던 바로 그
자리에 앉아 담배 연기를 길게 내뿜어보았다. 자기도 모르게 양
볼에서 주르르 눈물이 흘러내렸다. 남자들은 너무나 쉽게 일상으
로 하는 일을 한 번도 못 해본 게 억울하다는 느낌이 들었다. (물
론 요즘은 남자들도 실내, 그것도 사무실에서 담배를 피우는 건 언감생
심 꿈도 못 꾸지만.)

여성운동가로서 이름만 대면 알 만한 여성이 있다. 헌신적이고
능력 있는 인물이라고 주변에서 다 인정하는 사람이다. 그녀를 오
래전부터 알고 지냈지만 그녀가 담배를 피운다는 사실은 까맣게
몰랐다. 공식 석상에서만 만났기 때문이다.

몇 달 전 그녀와 처음 사적인 약속을 했다. 시간에 맞추어 도착
했는데 그녀가 나와 있지 않았다. 아무리 기다려도 나타나지 않

아 전화를 거니 자기도 약속 장소에 와 있단다. "입구에선 안 보일 거야. 맨 구석 자리인데 칸막이로 가려 있어서."

정말 그 자리에는 칸막이가 유난히 높게 둘러쳐져 있었다. 탁자 위의 광경을 보고서야 굳이 눈에 띄지 않는 자리에 앉은 이유를 알아차렸다. 담뱃갑과 재떨이, 그리고 재떨이에 담긴 꽁초 둘.

"어머, 담배 피우시네요?"

"응, 공석에서는 안 피우고 사석에서만 피워."

그녀는 소녀처럼 수줍게 웃었다. 슬며시 연민의 마음이 들었다. 오죽하면 여성운동가라는 그녀마저도 이렇게 비행 여고생처럼 몰래 흡연을 해왔겠는가. 마녀사냥을 탓할 일이지 마녀로 몰리기 싫어 숨은 그녀를 탓할 일은 아니었다.

누군가
날 지켜보고 있다

몰래 흡연하는 여자들은 늘 누군가에게 들킬세라 마음을 졸이다가 극심한 정신적 고통을 겪기도 한다. 금연 사이트에 올라온 글들을 보면 주부들이 갖는 피해 의식이 어느 정도인지 짐작할 수 있다.

"피해망상증인지 모르겠으나, 방금 전 이 글을 쓰고 괴로워서 또 베란다에서 담배 피우러 나갔는데, 누군가 저 너머 벽에서 계속 서 있는 것 같기에 한참을 기다리다 그냥 들어왔더니 좀 전에 이웃집 현관문 닫히는 소리가 들리더군요. 그 아줌마 성격에 충분히 그러고도 남을 것 같은데, 정말 그랬다면 그 아줌마

이상한 것 아니에요? 아니 목격해서 대체 어쩌자는 건지."

"너무나도 동감이에요. 어떨 땐 죽고 싶어요. 저도 애가 둘이에요. 많이 피우는 건 아니지만 작년부터 하루에 꼭 두 대씩 피웠더니 겨울부터 석 대 정도로 늘었어요. 저는 술을 못하고 대신 담배를 피웁니다. 평소 자신감도 없는 편이고 마음의 상처도 잘 받는 편이어서 담배를 벗삼아 스트레스를 해소하죠. 근데 요즘 문제가 생겼어요. 애들 땜에 이웃집 아줌마랑 친해졌는데 제 흡연 사실을 아는지 어떤지 자꾸 비꼬네요. 게다가 방금 전 베란다에서 피우다가 지나가는 아줌마 소릴 듣고('저 집 또 창문 열렸네. 아줌마가 피우나. 하긴 지금 애들이 잘 시간이니까.') 정신이 번쩍 나기도 하고 화도 나고 서글프기도 하고…… 암튼 오만 가지 생각이 들면서 못 먹는 술을 한잔 먹게 되는군요. 여자가 흡연하면 죄인인가."

묘하게도 두 사람 다 단골 흡연 장소가 베란다이다. 그러고 보니 김형경의 중편소설 「담배 피우는 여자」에서 주인공 여자가 남편 눈을 피해 담배 피우는 장소도 베란다이다. 1인칭 화자로 등장하는 여자는 제목 그대로 '담배를 피우는 여자'다. 그녀는 젊은 시절 배운 담배를 결혼한 뒤에도 못 끊는다. 남편은 아내의 흡연을 한사코 막으면서 폭력까지 서슴지 않는다. 그래도 그녀는 담배를 포기하지 못한다. 베란다에 온몸의 체중을 실은 채 허공을 향해 날리는 담배 연기는 그녀에게는 영혼이 내쉬는 한숨이나 다름없었다. 주인공은 담배에 대해 이렇듯 매력적인 독백을 남긴다.

이 연기가 보이세요? 제 몸 안을 한 바퀴 돌고, 허파와 심장의 내부까지를 쓰다듬은 다음, 천천히 날숨과 함께 빠져나가는 이 뿌연 기체가 보이세요? 제 몸을 벗어나자마자 저토록 바삐 바람을 따라 사라지는 저 기체 말입니다. 금세 허공으로 흩어져 흔적도 남기지 않는 기체, 그러나 공중 가득 퍼져나가며 높은 곳까지 올라 어쩌면 영혼들이 사는 마을의 저녁 이내⁺로 퍼지고 있을 기체……

그녀의 이웃에는 지켜보는 눈길이 없었나보다. 아니면 무심한 그녀가 아예 신경을 끄고 살았는지도 모른다. 어느 날 그녀는 때리려는 남편을 피해 도망가다가 베란다에서 떨어져 죽고 만다. 남편은 자궁암 수술을 받은 아내의 병이 악화될까 걱정한 나머지 폭력까지 써가면서 아내의 흡연을 말리려 든 것이었다. 한 문화부 기자는 김형경의 소설을 두고 '남편의 사랑마저도 상대방인 아내에게는 지독한 가해가 되고 마는 인생의 부조리함'을 그려냈다고

⁺   해 질 무렵 멀리 보이는 푸르스름하고 흐릿한 기운.

174

지적했다.

그 남편의 사랑은 시작은 선했지만 결과적으로 상대방을 해쳤다. 아니, 시작부터가 잘못되었다. 동등한 인격체끼리의 사랑은 상대방에 대한 개입이나 간섭이 아니라 관심과 배려로 표현되어야 한다. 그토록 아내를 사랑한 남자라면 금연을 강요하기 이전에 아내가 왜 그토록 담배에 집착하는지, 왜 중독된 사랑을 끝내 청산하지 못하는지 알아야만 했다.

시어머니의 호출에 가슴이 철렁

남편이나 이웃은 그나마 낫다. 시댁 식구에게 알려진다는 건 상상만 해도 가슴이 철렁 내려앉는다는 주부들이 많다. 주눅드는 대상은 비단 시어머니 시아버지처럼 어르신들만이 아니다. 손위 동서, 손아래 동서, 시아주버니, 시누이, 시동생 등등 일단 '시' 자 붙은 사람은 다 해당한다.

내 이웃사촌 P는 나와 동갑내기 명랑 아줌마다. 그녀가 내게 메일을 보내왔다. '담배 때문에 십년감수한' 이야기.

어제 애아빠랑 아이들 다 내보내고 설거지를 끝낸 뒤 '오전 담배' 한 대를 느긋하게 피우고 있는데, 갑자기 전화벨이 울렸다. 맏동서였다. 마침 우리집 근처에 아침 일찍 볼일이 생겨 왔다 가

그녀는 담배를 포기하지 못한다.
베란다에 온몸의 체중을 실은 채
허공을 향해 날리는 담배 연기는
그녀에게는 영혼이 내쉬는
한숨이나 다름없었다.

는 길인데 잠깐 들르겠다고 자기 용건만 서둘러 이야기한 뒤 끊어버리더군. 형님 딴에는 친하답시고 그랬겠지만 얼마나 황당했던지. 평소 예고 없는 손님은 절대로 집에 들이지 않는 게 내 원칙이고, 특히 시댁 식구들은 반드시 미리 방문 날짜를 통지받아 집안 구석구석을 대청소하고 난 연후에야 맞이했다. 행여 담배 냄새나 피운 흔적이 남아 있을까 두려워서였다. 남편이 해외에 있고 애들은 어리니 핑계 댈 사람도 없지 않은가. 하여간 동서 전화를 받고 정말 눈썹을 휘날리면서 창문이란 창문을 죄다 열어 환기하고 소파 털고 방향제를 막 뿌리는 순간 동서가 들이닥쳤다. 십년감수라는 말이 어제처럼 실감나기는 처음이다.

읽고 나니 딱한 생각이 들었다. 연배 엇비슷한 동서끼리 내친김에 톡 까놓고 고백하든지 딱 끊든지 둘 중 하나를 택할 것이지, 무슨 청승이냔 말이다. 자신이 만들고 제 발로 걸어들어간 감옥에서 벗어나려면 그걸 부수는 길밖에 없다. 자유롭게 피우거나 담배로부터 자유로워지거나.

동서도 이런 판이니 시부모와 함께 사는 흡연 여성은 오죽하랴. 시집살이 스트레스를 견디기 위해 담배를 가까이할 수밖에 없지만, 어른들이 혹 알아차릴세라 전전긍긍 좌불안석이다. 온종일 가슴이 쿵쿵 절구질을 한다는 며느리, 아래층에 사는 시어머니가 부르는 소리만 들어도 가슴이 철렁 내려앉고 얼굴이 화끈거린다는 며느리도 있다.

금연의 도도한 물결 속에서도 담배를 예찬하는 이들은 말한다. 속도감에 쫓기는 현대인들에게 그래도 담배만큼 휴식과 위안과 여유를 주는 존재도 드물다고. 『오늘의 불』을 쓴 애니 레클레는 '담배는 우리 시대를 위한 기도'라고 찬미한다.

그런데 이 땅의 여자들에게 담배는 휴식이 아니라 고문이다. 여유 대신 불안과 초조감을 안겨준다. 담배가 가진 최소한의 효용과 그가 주는 위안마저 제대로 못 누리는 것이다.

음주 단속 경찰한테 "저 안 피웠는데요"

지방 방송국의 고참 아나운서 A씨. 매력이 철철 넘치는 직업여성이다. 그녀는 좁은 지역사회에서 구설에 오르기 싫어 차 안에 혼자 있을 때나 담배 피우는 친구와 어울릴 때만 담배를 피운다. 얼마 전 그녀가 친구들과 저녁을 먹으면서 최근 겪은 '쪽팔린 사건'을 털어놓았다.

"시내에시 꽤 떨이진 곳에서 운전중에 신호 대기가 길어져 담배를 한 대 맛있게 피웠지. 그런데 저만치 앞에서 경찰이 검문을 하고 있는 거야. 물론 담뱃불을 여유 있게 끄고는 단속 경관 옆에 차를 딱 세우고선 내가 뭐랬는 줄 아니? 세상에 '저 안 피웠는데요' 그런 거야. 단속 경관은 음주단속하는데 웬 말이야 하는 표정으로 쳐다보는데, 내가 뱉어놓고서도 내가 정말 황당한 거 있지. 나쁜 짓을 하다가 학생주임에게 걸린 여학생 같았다니까."

이 말을 들은 친구 B, C. 자기는 더한 일도 겪었다면서 경쟁적으로 털어놓았는데, 어쩜 그렇게도 사건 코드가 같은지. 셋 다 웃느라 뒤집어졌다.

"나도 상황은 비슷했어. 그치만 강도가 훨씬 셌지. 경찰이 바로 앞에 있어서 얼른 끄긴 꺼야겠는데, 옆좌석에는 핸드백이니 뭐니 잡동사니가 잔뜩 있고 운전석 앞에 재떨이가 있는데도 생각이 안 나고. 순간 머리 위쪽의 해가리개가 눈에 띄기에 얼른 거기에 비벼 껐지 뭐니. 지금도 담뱃불 구멍이 뻥 뚫린 해가리개만 보면 속상해. 왜 그렇게 쩔쩔맸을까 싶어 한심하기도 하구."

"나보다 더한 일이야 겪었을라구. 재작년에 새 차 뽑고 나서 두 달 만에 일어난 일이야. 너는 조수석에 물건이 있기에 다행이었지. 나는 그 조수석 가죽 시트에 비벼 껐다는 거 아니니. 그것까지도 괜찮아. 세상에 시트가 푹신해 불이 완전히 꺼지지 않은 거야. 단속 경찰에게 제 발 저려서 생끗 웃었는데 그 경관 표정이 굉장히 심각한 거야. 그러더니 '창문 더 내려보시겠습니까? 아무래도 옆자리에서 불이 난 것 같은데요'라는 게 아니니. 세상에나! 얼른 고개를 돌렸더니 좌석에서 검은 연기가 피어오르더라고. 가죽 시트 두 달 만에 갈아치운 사람 있으면 나와보라고 해!"

시댁 화장실에 불을 내고 시어머니에게 들킨 여자도 있다. 지방

여행을 떠나는 시어른들을 대신해 집을 봐드리고 청소도 해드리고 가족을 떠나 호젓하게 글도 쓸 겸 시댁에 들어간 것까지는 좋았다. 그런데 하필이면 정류장까지 배웅해드린 시어머님이 두고 간 물건 찾으려고 그녀가 대청소 작전 개시를 앞두고 담배를 피우는데 되돌아오실 게 뭔가! 그래도 시댁 거실에서 흡연하기는 왠지 죄스러운 생각에 화장실에서 담배를 한 대 피우고 있는데 갑자기 '딩동' 소리와 거의 동시에 시어머니가 들어오시더란다. 그녀는 물론 딩동 소리가 나자마자 조건반사적으로 담배를 얼른 꺼서 휴지에 둘둘 말아서 버렸단다.

문제는 시어머니가 기왕에 돌아온 김에 급한 용무부터 보신다고 화장실로 직행하셨다는 점이다. 들어가자마자 "아악, 이게 뭐냐" 시어머니의 비명소리가 거실까지 들렸다. 가뜩이나 냄새가 날세라 마음 졸이던 선배 언니, 얼른 달려가 봤더니 미처 안 꺼진 담뱃불이 휴지통 안에서 큰불로 번졌더라나.

그러나 자고로 영화는 끝까지 봐야 하고 이야기는 끝까지 들어봐야 한다. 그 시어머니, 워낙 며느리를 아끼고 좋아했더란다. 그런 시어머니여서 그랬나, 반응도 예상외였단디. "그동안 숨기느라 마음고생 많았겠구나" 딱 한마디만 하시더란다. 덕분에 그녀는 오히려 오랫동안 목구멍에 걸려 있던 가시를 빼냈다. 비밀을 공유한 시어머니와 며느리의 사이가 더 좋아졌다니 전화위복이 따로 없다.

옥상 계단에서 굴러떨어진 여고생

이 책을 쓰느라 오피스텔에 틀어박혀 지내던 2004년 3월 초. 모처럼 시내로 외출했다가 공덕동 전철역 입구 무인매표기 앞에서 한 아가씨가 당황한 표정으로 어쩔 줄 몰라하는 모습을 보게 되었다. 무슨 일인가 싶어 눈길을 주었더니 이 아가씨 잘 만났다는 듯 "표 파는 사람은 없고 기계만 있나요? 어디로 돈을 집어넣어야 표가 나오나요? 장한평까지 어떻게 가나요?" 하고 따발총처럼 질문을 쏟아냈다. 이 아가씨가 외국에서 살다 왔나? 시쳇말로 '간첩'인가 의아했다.

친절하게 일러준 뒤 내친김에 '내가 같은 방향 전철을 타니 날 따라오라'고 했더니 기다렸다는 듯 따라나서는 그녀. 집이 경기도 오산이어서, 전철은 난생처음 타본단다. 친한 친구가 사고로 병원에 입원해 문병 가는 길이리면서, 빌라 계단에서 굴러 크게 다쳤는데 앞으로 최소한 1년은 병원에 있어야 한다고 묻지도 않은 말을 조잘댔다.

좌석에 나란히 앉게 되자 특별히 할 이야기도 없고 해서 사고 이야기를 더 물어보았다. 노인네도 아니고 젊은 여자가 계단에서 굴러 그렇게 많이 다쳤다니 사연이 궁금했다. 사고 당시 술을 마셨느냐, 하이힐을 신었느냐 물었더니 둘 다 아니란다. 그냥 맨 정신에 운동화 차림이었단다. 더 물었다간 아줌마 탐정(?) 취급할 것 같아 대화를 그만하려는데, 아가씨가 혼잣말로 "그러게 옥상엔 왜 올라가, 올라가긴" 중얼거렸다.

순간 섬광처럼 그려지는 어떤 장면! 나도 모르게 "그 친구 담배 피웠구나"라는 말이 튀어나왔다. 그러자 그 아가씨 놀라는 기색도 없이 "그럼요. 그 시간에 옥상에 왜 올라갔겠어요" 선선히 대답했다.

그제서야 기자 근성을 발휘해 캐물었더니, 물어보나마나 아가씨이리라 예단했던 그녀는 갓 고등학교 3학년으로 올라간 여고생이었다. 후리후리한 키에 조숙한 외모, 야한 옷차림과 큼지막한 귀고리 때문에 잘못 판단한 것이다. 그렇다면 사고를 당한 여학생도 고3인가? 그렇단다. 목과 허리를 다치고 팔다리가 다 부러진 중상이어서 학교에는 일단 자퇴원을 냈단다. 절로 한숨이 나왔다.

짐작했던 대로 그녀의 친구는 함께 사는 부모 눈을 피해 한밤중에 빌라 옥상에 올라갔고, 몰래 흡연자들이 항용 그렇듯이 담배를 몰아서 두 대나 피웠단다. 니코틴을 한꺼번에 주입했으니 어지러울 수밖에. 그 여학생 어질어질한 상태에서 들키기 전에 집으로 돌아가려고 서두르다가 경사가 가파르고 불빛이 침침한 계단에서 발을 엇디디면서 심하게 구른 것이었다. 내 옆자리 여고생도 바로 그 옥상에서 친구와 함께 밤하늘을 올려다보며 담배를 여러 번 피웠단다.

가슴이 아려왔다. 담배 피우다 죽는 여자가 소설 속의 이야기만은 아니었다. 그 여학생도 머리를 바닥에 찧었다면 목숨까지 잃

었을는지 모른다. 담배가 뭐기에, 들키면 또 어때서, 귀한 목숨을
버릴 뻔했는지.

현모양처도 섹시파도
"담배는 NO"

몇 년 전 일이다. 현숙한 아내, 헌신적인 어머니 이미지를 지닌 여배우 C와 텔레비전 프로그램을 촬영하느라 지방에서 하룻밤을 보내게 되었다. 딴 세계 사람을 만난다고 생각하니 은근히 기대가 되었다.

현지에 도착해 촬영 장소로 이동하는 승합차 안에서 한참을 망설이다가 그녀에게 "저, 혹시 창문 열고 담배 한 대 피우면 안 될까요?"라고 양해를 구했다. 달리는 차 안에서는 평소보다 담배를 더 밝히는 게 내 못된 흡연 습관 중 하나였다. 그녀는 살포시 미소를 지으며 고개를 살짝 끄덕였다. 피우지도 않는 담배를 선선히 허許한 그녀의 너그러움에 감격했다.

한데 이게 웬일? 숙소에 도착해 응접 테이블 위에 가방을 내려놓자마자 그녀가 가방 안의 비단 주머니에서 담뱃갑과 라이터를 꺼내는 게 아닌가! 내 시선을 살짝 비켜 가면서 그녀는 말했다. "사실 저도 피우거든요."

똑같은 담배라도 내가 피우는 담배는 노동자가 일하는 중간 중간 먹는 새참 같았건만, 그녀의 가늘고 긴 손가락 사이에 낀 담배는 럭셔리한 귀물貴物처럼 보였다. 그녀는 멋으로 피우는 뻐끔 흡연자가 아니었다. 앉은자리에서 두세 개비를 잇달아 피워대는 체인 스모커였고, 가슴 깊이 연기를 빨아들이는 딥deep 스모커였다. 승합차 안에서 시치미를 뚝 뗀 게 걸렸던지 그녀는 해명조로 "사람 많은 데서는 잘 안 피워요. 그러다보니 자꾸 몰아서 피우게 되네요"라고 말했다. 언뜻 나이보다 훨씬 젊어 보이는 그녀이건만, 가까이에서 보니 장기 흡연자에게서 전형적으로 나타나는 '입술 주름'이 이미 자리잡고 있었다.

배우의 이미지는 스크린의 것일 뿐, 배우의 실체와는 아무 상관이 없다. 그러나 한번 형성된 이미지가 워낙 강력하다보면 대중은 이미지와 실체를 혼동하기 일쑤다. 본인으로선 부담이다. 하지만 대중이 자기에게 투사하는 이미지를 깨뜨리거나 배반하는 것은 더 부담스러운 일이다.

'담배 피우는 여자'를 향한 사회의 따가운 시선에, 스크린의 이미지가 현실에서도 이어지기를 바라는 특별한 시선까지 얹힌 이

중의 족쇄! 그녀가 내놓고 담배를 피우긴 어렵겠다는 생각이 들었다.

얼마 뒤 영화에서 성매매 여성 역을 맡아 흡연 연기를 멋드러지게 소화한 젊은 여배우가 텔레비전 연예 프로그램에 나와 "영화 촬영하면서 담배 처음 피워본 거예요. 연기라고 생각하고 열심히 했더니 실감이 났나봐요"라고 말하는 걸 보게 되었다. 연예부 기자에게 물어봤더니 "어, 걔 유명한 골촌데"라는 게 아닌가! 배우의 '연기력'에 또 넘어가고 말았다.

최진실과 이효리의 흡연에 관한 진실

연거푸 속고 나니 여자 연예인의 흡연에 관심을 갖게 되었다. 그럴 즈음 배우 최진실과 야구선수 조성민의 '이혼 소동'이 벌어졌다. 조성민은 기자들에게 최진실과 이혼하고 싶다면서, 이혼을 결심하게 된 여러 이유를 털어놓다가, 최씨가 한 아이를 키우는 엄마이고 둘째아이를 가진 임신부인데도 여전히 담배를 피웠고, 말렸지만 듣지 않았다는 사실을 들었다.

참으로 고약한 처사였다. 두 사람이 그동안 흡연 문제로 얼마나 갈등했는지 모르겠지만 적어도 이혼을 요구하는 마당에 거론할 사안은 아니었다. 여자의 흡연을 '약점'으로 여기는 사고방식이 아니고서는 납득하기 힘든 발언이었다.

귀엽고 깜찍한 이미지로 만인의 사랑을 받아온 연기자인 만큼 조성민의 이 말로 최진실이 입은 타격은 만만치 않았다. 팬들은 '그동안 이미지가 다 가장된 것이었구나 하는 배신감이 든다' '아이 엄마로서 자세가 안 되어 있다' '뱃속의 아이가 걱정된다'는 반응을 쏟아냈다. 물론 개중에는 '아이 아빠가 여자 문제로 엄마 속을 썩이는 게 흡연보다 뱃속의 아이에게 더 나쁘다'는 지적도 있었다. 하지만 어디까지나 소수 의견이었다.

2003년 한 해 대중문화계의 대표적인 아이콘은 누가 뭐래도 이효리였다. 그녀는 섹시한 외모와 선머슴처럼 털털하고 친근한 이미지라는 이중적인 매력으로 방송가를 평정하다시피 했다. 그런 그녀가 담배 때문에 사이버 공간에서 네티즌의 입방아에 올랐다. 논쟁의 불씨를 제공한 것은 한 텔레비전 방송의 연예 프로그램. 솔직 토크의 대명사처럼 알려진 그녀가 방송 인터뷰에서 "술은 좀 하지만 담배는 한 번도 피운 적이 없다"고 대답하자 일부 네티즌들이 '왕내숭' '사실은 골초'라고 비난하고 나선 것이다. 어느 쪽 주장이 맞는지는 모르지만, 이효리 같은 신세대 스타가 흡연을 하면서도 그런 사실을 숨기고 있다면 그만큼 우리 사회의 틀이 완고하다는 이야기다. (훗날 이효리는 담배를 끊었느냐는 질문에 요즘은 전자담배를 피운다고 방송에서 당당하게 말했다.)

서울 강남 일대의 고급 바와 기업형 포차(포장마차)에서는 얼굴이 꽤 알려진 여자 연예인들이 담배 피우는 모습을 쉽게 볼 수 있다. 그런 그들도 정작 언론 매체 인터뷰에서는 "담배요? 저 못 해요" 너나없이 왕내숭을 떤다. 기획사 관계자나 매니저가 그렇게 대답하도록 시킨다. 남녀의 스캔들은 때로는 '장사'(홍보)에 도움이 되지만 담배는 여자 연예인에게 '백해무익'이라는 걸 잘 알고 있기 때문이다.

'여자 이주일'과 이주일의 차이점

2003년 11월 탤런트 이미경씨가 폐암에 걸렸다는 충격적인 소식이 전해졌다. 일부 팬들은 이미경씨가 암에 걸렸다는 사실보다도 폐암에 걸릴 정도로 골초였다는 사실에 더 놀랐다. 이미경씨는 이름은 몰라도 얼굴을 보면 '아, 그녀였구나' 고개를 끄덕일 만한 중견 연기자이다. 빠글빠글 지진 파마에 입술을 새빨갛게 칠한 도시 변두리 술집 작부 역에서부터 착한 여주인공을 괴롭히는 고약한 노처녀 역까지 두루 소화하는 그녀를 보면서 '젊은 연기자가 제법이네' 감탄한 적이 있다. 인형처럼 예쁘긴 하지만 막대기처럼 뻣뻣하거나 자기 이미지를 벗어난 배역을 맡으면 금세 소화불량 증세를 보이는 연기자가 널린 방송가. 그 속에서 그녀는 흙속에 묻힌 원석처럼 은은하게 빛을 발하는 연기자였다.

화면에서는 많이 보았지만 정작 그녀에 대해 아는 게 없었다. 텔레비전 방송을 보고서야 소녀 가장으로서 집안 살림을 꾸려왔는데, 몇 년 전부터 사업을 벌이고 증권에 손을 대서 손해를 크게 보았고 그 때문에 속앓이를 해왔다는 사실을 알게 되었다. 수술과 치료 과정, 그리고 그녀의 한 많은 사연을 담은 프로그램이 방영되자, 사람들이 관심을 보이기 시작했다. 수술 이후 빡빡 민 머리를 감추려고 모자를 푹 눌러 쓰고 맨얼굴로 출연한 그녀는 "여러분은 제발 담배 피우지 마세요"라고 울먹이기도 했다. 식구들의 정성 어린 간호와 팬들의 성원에도 불구하고 그녀는 2004년 4월 초, 마흔넷 한창 나이에 세상을 떠났다.

여자 흡연자들에게 강력하게 금연 메시지를 던진 그녀는 '여자 이주일'이다. 인기를 먹고 사는 연예인이라는 점, 담배를 무척 즐겼다는 점, 폐질환에 걸려 투병하다가 세상을 떠났다는 점에서 똑같다. 그러나 두 사람을 향한 대중의 반응은 달랐다. 이주일씨에게는 처음부터 동정과 성원이 쏟아졌지만, 이미경씨에게는 '어, 저 여자 담배 피웠어?' '대체 얼마나 많이 피웠기에' 뜨악해하는 시선이 먼저였다.

숨기면 내숭 떤다고 욕먹고, 드러내놓고 하면 뻔뻔하다고 흉잡히는 게 여자의 흡연이다. 연예인도 예외가 아니다. 아니, 팬들의 사랑을 먹고살고, 이미지 속에 갇혀 사는 그들이기에 더 자유롭지 않다.

'마지막 선비'의
며느리 사랑

　제주도에 사는 허영선 시인이 어느 날 밤늦게 다급한 목소리로 전화를 걸어왔다. "너, 혹시 텔레비전 봤니?" 바쁜 원고를 붙들고 씨름하던 터여서 "아니" 심드렁하게 대답했다. 이어지는 친구의 말에 귀가 번쩍 뜨였다. "심산 김창숙옹이라고 알지? 그분이 글쎄 며느리에게 담배를 가르치셨다는구나."

　처음 듣는 이야기여서 더 캐물었지만 담배 이야기가 딱 한 대목밖에 나오지 않아 더는 모르겠단다. 친구는 역시 친구였다. 내가 『흡연 여성 잔혹사』를 집필한다는 걸 아는 허영선 시인은 한밤에 방영되는 교양 프로그램을 보다가 담배 대목이 나오자 일부러 전화를 해준 것이다.

영선이가 내레이터의 말을 정확히 들은 것이라면, 정말 놀라운 일이었다. 심산心山 김창숙옹(1879~1962)이 대체 어떤 인물인가 말이다. 평생을 항일투사로 산 사람, 단재 신채호, 백범 김구와 나란히 거론되는 현대사의 큰 인물, 영남 명문가의 종손으로 태어나 여든넷으로 세상을 떠날 때까지 격동의 현대사를 온몸으로 겪으면서 한순간도 흐트러짐 없이 산 거목 아닌가.

두 아들을 무장 항일 투쟁으로 잃고 자신은 일제 때 당한 고문의 후유증으로 두 다리를 못 쓰는 장애인이 되었지만, 광복 이후 당대의 권력자 이승만을 향해 누구보다도 매서운 경고음을 발했던 그였다. 격동의 시대를 한 점 부끄럼 없이 살았고, 끝없는 시련 속에서도 책에서 배운 바를 실천함으로써 '조선의 마지막 선비'라고 불린 심산이었다.

유림 대표로 상해 임시정부에서 활동했고, 귀국한 뒤에는 성균관대학교 초대 총장을 지낸 그가 며느리에게 담배를 권했다니! 현대식 시아버지도 상상하기 힘든 일을 한 배경이 몹시나 궁금했다. 이미 방송이 끝난 터라 며칠 기다렸다가 〈MBC 스페셜〉 심산 김창숙 편을 인터넷으로 찾아서 보았다.

친구가 귀띔한 대로 정말 딱 한 대목이었다. '심산의 며느리는 결혼한 지 1년 만에 남편을 만주로 떠나보내고서, 혼자 집안을 꾸리고 아이를 키우다가 남편이 만주에서 죽었다는 소식을 들었다. 시아버지가 귀국한 뒤에는 독립운동 자금을 부탁하는 시아버지의 편지를 시아버지의 지인들에게 비밀리에 전하는 심부름을 도맡았다. 그런 며느리에게 시아버지 심산은 담배를 권유했다. 그리고 그녀는 시아버지의 권유로 시작한 담배를 지금까지도 피우고 있다.'

김창숙 자신도 이름난 애연가였다. 말년에 지독한 가난과 병마에 시달리다가 세상을 떠났으니, 적막하고 출구 없는 인생에 담배가 서글픈 위로가 됨을 누구보다 절감했을 것이다.

정치적 격변기마다 고루하고 융통성 없다는 비난을 들으면서도 세상엔 나처럼 원칙을 지키는 사람도 하나쯤 있어야 한다면서 끝내 자기 길을 고집한 김창숙옹. 존경스럽기는 하나 완고한 인물이리라 지레짐작해온 심산이 불현듯 친근하게 느껴졌다. 남편을 독립운동에 바친 며느리를 안타까이 여겨 무정한 세월 담배라도 벗삼아 보내라고 권할 만큼 따뜻한 마음을 가진 어른이셨구나, 그분은.

'요코하마의 별'이 된 남편을 기다리며

몇 년 전 돌아가신 김갑순 할머니는 시어머니의 이끌림을 빌어 담뱃대를 손에 쥐게 된 경우였다. 할머니는 체격도 억실억실하게 크고 주근깨도 많아 그때 기준으로는 '인물 없는 여자'에 속했더란다. 그런데도 새신랑은 새색시를 별처럼 꽃처럼 귀하게 여겼다고 한다. 동네 사람들은 "미인 소박은 있어도 박색 소박은 없다더니 과시 그 말이 맞네그려" "주근깨에 복이 다닥다닥 붙은 모양이여" 놀리기도 하고 부러워도 했더란다.

하지만 달콤한 시절은 길지 않았다. 새신랑은 큰돈을 벌려면 대처로 가야 한다, 가서 자리잡는 대로 연락할 테니 곧 뒤따라오라면서 밀항선을 타고 먼 친척이 있다는 요코하마로 떠났다. 하지만 갑순 할머니, 신랑이 가고 난 뒤에야 뱃속에 아이가 들어선 걸 알게 되었단다.

정이 워낙 깊었던 새신랑이 자리를 잡자마자 연락해왔지만 시어머니가 몸이나 풀고 먼길을 떠나라고 붙드는 바람에 그냥 주저앉았다. 애 낳을 때까지 1년, 젖먹이 키우느라 1년, 시어머니 허락 떨어지기 기다리느라 1년. 그러느라 3년 세월이 휙 지나갔고, 요코하마 항구에 배가 들어올 때마다 나와 기다리던 새신랑은 결국 포기하고 새장가를 갔더란다.

그녀가 담배를 벗삼게 된 것은 바로 그 무렵. 애간장 태우는 며느리를 보다 못해 시어머니가 넌지시 권했더란다. "서방만큼은 아니어도 마음붙이는 될 것이다" 하시면서. 그러나 고부간의 맞담배질은 오래가지 않았으니, 잘살던 친정에서 딸이 생과부로 늙게 된 사연을 알고 억지로 데려갔다. 자연 할머니는 하나밖에 없는 혈육과도 생이별했다.

멀리서 아이 울음소리만 들려도 시댁에 두고 온 딸 이름을 부르며 미친듯이 뛰어나갔다는 그녀에게는 연초가 유일한 낙이었단다. 친정에서는 이태 만에 돈 많은 홀아비랑 억지로 재혼을 시켰는데, 그 남자는 마음은 착하지만 지독한 구두쇠였다. 생활비를 따로 주지 않고 파 한 단, 마늘 한 쪽도 제 손으로 사다주었다. 할머니는 그 좋아하는 담배를 살 돈이 없어 남편 담배에도 손을 댔더란다. 그깟 담배 하나 못 끊느냐고 나이든 남편은 어지간히 구박했지만, 젊은 날 남편 대신에 마음을 붙인 담배만은 영 끊을 수가 없었더란다.

눈물로 떼어놓은 그 딸이 결혼해서 또 딸을 낳았는데, 그 딸이 바로 내 후배 박마리다. 마리는 외할머니를 찾아뵙는 날에는 가장 순하고 좋다는 담배를 열 갑씩 사들고 가곤 했다. 할머니 한평생에 담배가 가장 좋은 친구였다는 걸 잘 아는 그녀였기에.

그러나 서운하게도 할머니는 손녀딸이 떠나기가 무섭게 단골가게에서 제일 싼 담배로 바꾸어 피우셨다. 제발 그러지 마시라고, 기왕 피우실 거면 좋은 담배를 피우시라고 성화를 부렸지만 할머니는 막무가내였다. 싼 걸로 바꾸어야 오래 피울 수 있다면서 끝내 고집을 꺾지 않으셨다.

마리는 할머니의 그런 고집이 어디에서 비롯되었는지 알기에 마음이 아팠단다. 그나마 이제는 세상을 떠나셔서 담배를 사다 드릴 수도 없어 더 마음 아프단다.

두 갑이나 두 개비나
매한가지

　남자 흡연자들은 하루에 반 갑, 사흘에 반 갑 정도 피우는 중간 레벨 흡연자가 꽤 있는데, 여자들은 앉은자리에서 서너 개비를 연거푸 피우거나 하루에 두세 개비가 고작인 쪽, 극단적인 두 부류로 갈린다.

　이 두 그룹은 중독을 인정하는 수준도 다르다. 전자는 니코틴 중독자임을 한눈에 알 수 있고, 본인도 선선히 인정한다. 후자는 주변에서 그녀가 담배 피운다는 사실을 전혀 모를뿐더러 본인도 자신이 니코틴 중독임을 인정하려 들지 않는다.

빨리 집에 가서 담배 피워야지

박사 학위 받기가 하늘의 별 따기라는 독일에서 박사 학위를 받은 재원 중의 재원 A. 주변에서는 그녀가 흡연자라는 사실을 까맣게 모른다.

하기야 나도 그녀가 자진신고하지 않았더라면 몰랐을 것이다. 그녀가 담배를 피우는 건 하루에 딱 두 차례. 아침에 한 개비, 퇴근한 뒤 한 개비. 집으로 돌아와 하루를 갈무리하면서 담배를 피우는 시간이 그녀에게는 가장 행복한 때이다. 텔레비전 CF 대사처럼 그녀의 '자유 시간'이라고나 할까.

처음에 이 이야기를 들을 때만 해도 배신감과 질투심을 동시에 느꼈다. 그토록 완벽하게 내숭을 부렸던가, 나는 하루종일 온갖 따가운 시선을 받아내고 몸이 망가지는 걸 뻔히 알면서도 피웠는데 얘는 몸도 챙기면서 담배의 여유도 즐겼구나, 하는 생각이 들어서였다.

그런데 이야기를 듣다보니 그게 아니었다. 어린 시절 그녀를 두고 집을 나가버린 어머니가 심각한 술 담배 중독자였고, 자기는 그런 어머니를 지독히도 경멸하고 싫어했다고 한나. 마치 내 친정 어머니가 외할머니를 반면교사 삼았듯이, 그녀도 그랬더란다.

대학 시절 우리 주변 친구들이 거의 다 피우는데도 그녀만이 악착같이 요조숙녀처럼 군 것도 다 어머니 때문이었다. 그러다가 물설고 낯선 이국땅에서 공부도 힘들고 외로움도 힘들어서, 파계를 했더란다. 담배에 지극히 관대한 나라, 흡연을 둘러싸고 남녀의 구분이나 차이가 전혀 적용되지 않는 나라였으니 얼마든지 어디서나 피울 수 있는 게 담배였다.

그럼에도 불구하고 그녀는 자기만의 룰을 정했다. 하루에 딱 두 개비만 피우자고.

처음 한두 해는 괜찮았다. 갈수록 그녀는 두 개비에 집착하게 되었다. 심지어 회사에서 스트레스를 팍팍 받는 날에는 언제 집에 가서 담배를 피울까, 하는 생각에만 매달리고 있는 자신을 발견하곤 소스라치게 놀라기도 했다.

"두 개비는 내가 설정한 마지노선이야. 절대로 무너뜨려서는 안 되는 선이지. 그런데 그 선만 지키면 뭐하니? 하루종일 담배 생각으로 꽉 차 있는걸."

A가 유별난 경우만은 아니다. 여자들 중에는 하루 한두 개비, 심지어 며칠에 한두 개비만 피우는 이도 더러 있다. 그러나 이들은 헤비 스모커 못지않게 담배에 빠져 있다. 이들이 이구동성으로 하는 말이 있다. "난 죽어도 그 이하로는 못 줄이겠더라."

헤비 스모커에 비해 10분의 1밖에 안 피운다고 중독이 아닌 것은 아니다. 두 개비나 두 갑이나 중독은 중독이다. 많이 피우든 적게 피우든 없으면 못 견디는 것, 그게 중독의 본질이다.

나 죽으면
담배와 함께 살라주오

미국을 비롯한 구미 선진국에서는 흡연자들이 '3등 시민' 취급을 받은 지 오래다. 담배를 소수민족이나 하류층을 상징하는 기호품쯤으로 여기는 분위기이다보니, 담배 피우는 백인 남성은 '희귀종'으로 취급될 정도다.

미국 드라마 〈섹스 앤 더 시티〉의 여주인공 캐리(사라 제시카 파커 분)는 담배와 섹스를 무척 밝히는 섹스 칼럼니스트. 어느 날 그녀는 길을 걷다가 거리에 담배꽁초를 버리는 남자를 목격했다. 순간 그녀의 머릿속을 스쳐간 생각은 '요즘도 담배를 피우는 남자가 있다니, 게다가 길거리에 당당하게 버리는 저 터프함이라니! 저런 남자가 지구상에 몇 사람이나 될까, 다섯 명 아니면 여섯 명? 저런 남자 정말 요즘 보기 드물지. 어떻게든 꼭 꼬셔야 돼'였다.

반전은 우리나라에서도 시작되었다. '아직도 담배를 피우십니까?' 성인 남성 사회에서 금연자가 점점 늘고 있다. 웬만큼 성공한 이들의 모임에서는 흡연자를 찾아보기 어려울 정도다. 소문난 골초 중에서도 담배를 배신하는 이들이 속속 출현한다. 대부분 건강을 생각해서, 식구들이 눈물로 호소해서, '사오정'[+] 시대에 회사에서 눈치가 보여서 끊었단다.

과거에는 사회적 권력의 상징이었던 담배가 지금은 무절제나 중독의 징표로 받아들여진다. 일부 대기업에서는 근무 평정評定을 할 때 흡연자에게는 마이너스 점수를 매긴다. 아무래도 근무 시간에 흡연실이나 건물 바깥으로 자주 나가게 되므로 시간 손실이 많고 온전한 심신으로 근무하기 어렵다고 판단해서다. 흡연자들이 설 자리는 점점 좁아져, 무한 경쟁 시대에 살아남으려면 담배부터 끊어야 할 판이다.

아시아 여성을 공략하라

허나 여성들 사이에서는 정반대 흐름이 형성되고 있다. 몰래 흡

[+] '45세가 정년'이란 뜻으로, 사회가 정한 정년보다 이르게 직장에서 내몰리는 현실을 일컫는 말.

연이든 공개 흡연이든, 담배 피우는 여자가 부쩍 늘고 있다. 통계로도 확인되지만, 현실은 통계를 뛰어넘는다.

우리나라만이 아니다. 아시아 여러 나라에서 여성 흡연율은 가파르게 올라가고 있다. 아시아 여성은 미국 담배 회사들의 중요한 고객으로 떠올랐다. 흡연 피해 소송에서 줄줄이 지는 바람에 거액의 배상금을 물어내고, 점점 떨어지는 흡연율 때문에 수입마저 줄어든 그들에게는 구세주나 다름없다.

아시아 여성의 높은 흡연율이 우연히 일어난 현상은 아니다. 미국 담배 회사들이 '마지막 황금 어장'을 치열하게 공략한 결과이기도 하다. 〈리더스 다이제스트〉 2002년 2월호는 특집 기사 '아시아 여성을 공략하는 담배 회사들'에서 그 이면을 적나라하게 폭로했다. 기사는 이렇게 시작된다.

대만 타이베이 시의 번화가. 교복 차림인 10대 소녀가 편의점에서 나와 버지니아 슬림 담뱃갑을 뜯는다. 담배 한 개비를 물고 불을 붙인 후 향수병을 열고 냄새를 맡아본다. 담배를 사면서 받은 사은품이다.

우리나라에서도 흔히 볼 수 있는 풍경이다. 미국의 거대 담배 회사들은 날씬한 금발 미인을 내세운 이미지 광고로 지하철에서, 버스에서, 고층 빌딩 꼭대기에서 아시아 여성에게 끊임없이 유혹적인 메시지를 보낸다. 당신들도 피워라, 그러면 이 여인처럼 섹시하고 매력 있는 여성이 될 것이다! 많은 여자들이 그 유혹에 넘어간다.

한국 여자들은 '라스트 사무라이'인지도 모른다. 칼을 휘두르는 사무라이 시대에서 총잡이 시대로 바뀐 줄도 모르고 주체하기 힘든 무거운 칼을 휘두르면서 전쟁터로 뛰어드는 마지막 사무라이처럼, 그들은 남자들이 금연으로 확 빠져나가는 시점에서야 흡연 대열에 뛰어들고 있다.

여자들은 왜 시대의 흐름을 거슬러 마지막 사무라이가 되려는 것일까? 시대가 달라졌는데도 왜 재래식 무기를 붙들고 있는 걸까? 판타지를 조장하는 미국 담배 회사들의 꼬임에 넘어가서? 살을 빼고 싶어서? 남자에 비해 중독에서 헤어나기 힘드니까?

"내 관 속에 담배를 넣어주오"

그럴지도 모른다. 그러나 그게 전부는 아니다. 세상이 많이 달라진 것 같지만 아직도 여성에게는 담배를 둘러싼 정신적인 억압과 사회적인 금기가 존재한다. 그것이 그들에게 오히려 담배를 피우도록 부추기고, 끊기를 망설이도록 만든다. 심지어는 절대로 끊지 않겠다고 맹세하게 만든다.

　미완이라는 후배가 있다. 몸이 약한데도 담배를 무척이나 좋아한다. 망설이던 끝에 그녀에게 담배를 좀 끊지 그러냐고 넌지시 떠보았다. 다음날 그녀가 긴 메일을 보내왔다.

　어디에서고 쉽게 구할 수 있는 담배라는 기호품을 선택한 순간부터 삐딱선을 타고 지켜보는 주위의 시선과 관념으로부터 결코 자유로울 수 없었던 여성들의 흡연은 한마디로 도전이었지요. 누구나 살 수 있는 진열장의 담배지만 보이지 않는 금녀의 선이 그어져 있다는 것과, 그것을 넘었을 때 결코 녹록지 않은 인식들과 싸우거나 아니면 감추어야 하는 이중의 압박감을 감수해야 했습니다. 담배가 처음에는 탈출구인 줄 알았는데 중독성으로 여성들에게 또다른 족쇄가 되었다는 선배의 말씀이 맞습니다. 그러나 여기에서 또 저는 인간이 결코 의지할 대상이 될 수 없었던 팍팍한 여성들의 삶을 역설적으로 느끼고 있습니다.

　다른 상품처럼 손쉽게 살 수 있는 물건에 여자들이 부여하는 의미가 뭐 그렇게 주렁주렁 많은지. 남자들에게 담배가 지닌 의미가 무언가 생각해보니 심플, 그 자체예요. 담배 피운 시기며 피운 동기가 그들에게는 즐거운 무용담이 되지만, 여자들에게는 흡연 시작으로부터 지금까지 현재진행형으로 흡연 사실을 밝히길 망설이게 합니다. 그것부터가 흡연은 남성 전유권이라

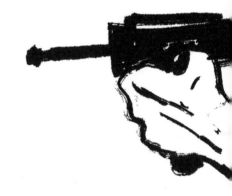

"흡연이 여자에게 이상하지 않은 기호로 정착될 때까지 저는 굳세게 피울 겁니다. 그런 다음에 끊을까 해요. 아니면 죽을 때까지 피우든 지. 죽은 뒤에는 담배 한 갑과 같이 태워달라고 할 겁니다."

는 묵시가 이미 존재하고 사회적으로 늘 통용되면서 여성들에게는 몇 겹의 장치를 걸어놓았음을 의미합니다.

별것 아닌 담배 하나에 의미를 두게 만든 한국 사회의 복잡하고 이상스러운 생리에 울컥하면서도, 만일의 공격에 대비해 방어용으로 제 나름의 담배 예찬론을 준비한 것 또한 저 역시 담배로부터 자유롭지 못한 것이겠지요. "그냥 피웠어. 난 담배가 좋아." 이런 심플한 대답을 하거나 아예 사건거리도 되지 않는, 담배에 대한 그런 사유를 바랍니다.

흡연이 여자에게 이상하지 않은 기호로 정착될 때까지 저는 굳세게 피울 겁니다. 그런 다음에 끊을까 해요. 아니면 죽을 때까지 피우든지. 죽은 뒤에는 담배 한 갑과 같이 태워달라고 할 겁니다.

칼을 품고 죽는 무사처럼, 담배와 함께 태워달라는 그녀의 담배 사랑이 참으로 처연하다.

5부

신新
중독 일기

변절을 꿈꾸다

언제부터였던가, 짜릿하고 달콤했던 한 사랑이 지리멸렬하고 묵직한 고통으로 바뀌기 시작한 것은. 그 경계 지점을 선명하게 기억할 순 없지만 마흔을 넘기면서부터가 아니었나 싶다.

오후만 되면 눈이 침침해지고 목덜미가 뻣뻣해졌다. 누가 두통을 호소하면 엄살로만 여기던 내게 수백 개의 바늘로 꼭꼭 찌르는 듯한 편두통이 찾아들었다. 심지어 눈알이 아파 금세 빠질 것 같은 날도 있었다. 눈을 떠서 사람을 정면으로 마주보기가 힘들 정도였다. 혼자 있을 때는 눈을 감는 게 습관처럼 되었다.

그러던 어느 날, 이번에는 목소리가 쉭쉭 갈라져 나왔다. 처음엔 감기 기운인가 싶어 대수롭지 않게 넘겼다. 하지만 하루이틀도 아니고, 한 달 가까이 쉰 소리가 계속되다보니 은근히 신경이 쓰였다. 목소리가 왜 그러느냐고 묻는 이들이 생겼다. 회사 근처 병원에 갔더니, 상태와 원인을 정확히 알려면 목구멍에 기구를 집어넣고 내시경으로 보아야 한단다. 위내시경만 있는 줄 알았더니 별내시경이 다 있네, 신기해하면서 검사 의자에 앉았다. 웬걸, 살다 살다 그렇듯 고약한 검사는 처음이었다. 시키는 대로 목구멍을 한껏 벌렸는데도 검사요원은 "아아, 조금만 더 벌리세요"를 연발했다. 침이 턱을 타고 질질 흘러내렸다. '파블로프의 개'가 따로 없었다.

"혹시 담배나 술 하시나요?"

내시경 자료를 들여다보면서 의사가 물었다.

"네, 술은 조금, 담배는 많이 하는데요."

"목에는 술보다 담배가 더 나쁩니다. 목 주변이 많이 헐었네요. 목구멍 주변 세포들은 아주 민감하고 여려서 담배 연기 속의 독한 성분을 견디지 못해요. 웬만하면 끊든지 아님 적게 피우세요."

그럼 내 목소리를 바꾼 주범이 담배였단 말이야? 생각해보니 그럴 만도 했다. 그 따갑고 독한 담배 연기를, 그 여린 세포들에 20년 넘도록 쏟아부었으니, 온전하다면 그게 도리어 이상한 일이었다.

이미자에서 문주란으로 바뀐 동창생

초등학교 동창생 경자가 떠올랐다. 20여 년 만에 그녀로부터 전화가 걸려온 건 한 달여 전. 예능 방면에 두루 뛰어나고 특히 노래를 잘 불러 '카수'라고 불리던 친구였다. 미스 롯데 선발대회에 출전하라는 권유를 받을 만큼 눈에 띄는 미모였지만, 연예인을 무조건 딴따라로 여기던 부모의 반대로 출전을 포기한 그녀는 일찌감치 결혼해 친구들과 소식을 끊고 지냈다.

회사 근처 찻집 '난다랑'에서 만나기로 했다. 유리창가에 앉아 손을 흔드는 경자는 오랜 세월이 흘렀는데도 여전히 예쁘고 늘씬했다. 애를 둘 낳았다는데도 언뜻 보기엔 아가씨 같았다.

그러나 경자가 입을 떼자마자 속으로 놀랐다. 그녀의 목소리는 한마디로 뚝배기 깨지는 소리라고밖에 달리 표현할 길이 없었다. 청아한 소프라노 음성으로 노래하던 그녀는 내 잘못된 기억이 빚어낸 환상이란 말인가.

"너, 목소리 어떻게 된 거니?"

"글쎄, 난들 아니? 결혼 생활이 워낙 힘들어서 담배에 많이 의지했거든. 이젠 소리가 안 나와서 노래도 못 부른다."

아, 세월의 굽이를 돌아 다시 만난 친구도 나처럼 담배를 피우는구나, 반가웠다. 그날, 목소리가 안 나와서 싫다는 그녀를 우격다짐으로 노래방에 끌고 가 어릴 적에 좋아했던 노래를 불러달라고 강권했다. '카수'의 솜씨는 역시 녹슬지 않았다. 그녀는 여전히 노래를 잘했다. 비록 이미자에서 문주란으로 음색이 달라지긴 했지만.

불과 한 달 전에 경자의 달라진 목소리를 확인했던 나는 은근히 공포감을 느꼈다. 한때 허스키 보이스였으면 하고 바란 적도 있지만 성대결절로 허스키가 되기는 싫었다.

목구멍 내시경을 한 뒤 차마 끊지는 못하고 양을 반으로 줄이고, 담배의 절반만 피우고 버리는 이른바 '건강 흡연'을 했다. 그러나 오래가지 않아 언제 그랬냐는 듯 원위치로 돌아갔다. 눈은 나날이 침침해지고 목덜미는 갈수록 뻣뻣해졌다. 몸이 점점 나빠지고 있음을 스스로도 알 수 있었다. 어느 날 빈속에 담배를 피우는데 헛구역질이 났다. 구역질을 하면서도 꾸역꾸역 담배를 피웠다. 이게 사랑이라면 '중독된 사랑'이 아니고 무엇이랴.

나와 담배는 정말 대등한 연인 관계인가? 내가 담배를 선택한 걸까, 거꾸로 담배가 날 포박한 걸까? 20여 넌 전 내게 자유와 해방감을 선사한 담배는 지금도 그런 존재인가, 혹 나를 구속하고 옥죄는 굴레는 아닐까?

20년 넘게 그와 사귀면서 별의별 일을 두루 겪었지만 그의 존재에 의문을 가진 적도, 그와의 사랑을 후회한 적도 없었다. 그런 내가 상대의 도덕성에 의문을 품고 우리의 관계를 회의하기 시작한 것이다.

내가 주체적으로 담배를 택했다고 여긴 것은 오판이었다. 처음에는 그랬는지 모르지만 적어도 지금은 아니었다. 우리의 관계는 이미 오래전에 역전됐다. 나는 담배 연기에 갇힌 힘없는 포로일 뿐. 담배를 내 곁을 떠나지 않는 충직한 연인이라고 여긴 것 또한 착각이었다. 그는 나를 손아귀에 틀어쥐고 끝내 놓아주지 않는 폭군이었다. 내 몸과 마음을 마음껏 유린하고 돈을 우려내는.

마음의 밭에 뿌려진 의심의 씨앗은 몸과 마음이 피폐해져갈수록 쑥쑥 자랐다. 마침내 젊은 시절 내 영혼을 사로잡은 그 '사악한 연인'과 헤어지기로 마음먹었다. 금연을 결심한 것이다! 담배를 끊는 사람을 배신자처럼 여기고, 담배를 피우지 않는 사람과는 인생을 말할 수 없다고 생각하던 나의 변절이 스스로도 믿기지 않았다. 그러나, 이젠 그러고 싶었다.

'금연나라'에 들어가다

1998년 금연을 결심하면서 나는 그 일이 그리 쉽지 않으리라고 예상했다. 금연에 도전했다가 실패한 사례를 많이 듣고 보았기 때문이다. 얼마나 어려우면 담배를 끊은 사람을 가리켜 '독한 놈'이라고 하겠는가. 게다가 전문가들은 여자 흡연자가 남자보다 담배에 대한 의존도와 충성심이 높아 금연하기 더 힘들다고 말한다. 자가 진단에 따르자면 나야말로 그런 경우였다. 그렇지만 담배로부터 자유로워지려는 소망이 워낙 간절했다. 스무 살 때 담배 피울 자유를 원했던 것만큼이나. 검정색 표지의 두꺼운 대학노트를 사서 금연 일기를 쓰기로 결심했다.

결론부터 말하자면, 그 노트 한 권을 채우는 데 무려 5년이 걸렸다. 겨우 두세 쪽만 채운 해가 있는가 하면, 2003년처럼 절반 넘게 채운 해도 있었다. 그사이에 수십, 수백 번의 금연 시도와 실패, 흡연, 재시도가 되풀이되었다. 오죽하면 금연을 처음 결심했을 때만 해도 격려를 아끼지 않던 친정어머니가 너 자신을 너무 들들 볶지 말라면서 금연을 뜯어말렸겠는가. 금연의 길은 험난하고 외로운 길이었다.

새로운 일을 시작하려면 관련 서적부터 읽는 것이 내 오랜 버릇이다. 사진기를 사면 사진 잘 찍는 책, 음식을 만들려면 요리 잡지부터 들척거렸다. 금연도 예외가 아니었다. 담배의 유해성에 대해 확실히 이론적으로 무장해두어야만 흔들릴 때 마음을 다잡을 수 있으리라는 기대감으로 금연과 관련된 책이라면 닥치는 대로 사들였다. 남편과 직장 동료들은 "나쁘다는 걸 몰라서 못 끊느냐" "본인 의지가 중요하지 책이 무슨 소용이냐" 놀려댔다.

금연 정보를 얻기 위해서만은 아니었다. 하루 스물네 시간을 담배로 구획하면서 살아온 내게 담배 없이 보내는 하루는 너무 길고 지루했다. 심리학자 어니스트 디히터에 따르면, 담배는 '현대판 모래시계'다. 모래시계를 잃은 나는 책에 매달렸다.

그럴 즈음 한 직장 동료가 혼자 몸부림치지 말고 인터넷 금연 사이트에서 경험담을 나누라고 조언했다. 여기저기 뒤지다가 '금연나라' 사이트에 들어갔다. 당시만 해도 금연나라에는 여성 전용 방이 따로 없었다. '눈팅'을 하는지는 몰라도, 자기 경험담을 올리거나 댓글을 다는 여자 회원은 거의 없었다.

40대 중반을 바라보는 여자라고 밝혔더니, 고참 회원들이 여자 회원의 출현에 관심과 격려를 아끼지 않았다. 남자들과 비슷하면서도 다르고, 다른가 하면 비슷한 내 이야기에 그들은 공감해주었다. 특히 운영자 박정환씨는 꼭 금연에 성공해서 다른 사람들의 금연을 도우라고 격려를 아끼지 않았다.

출근해서 맨 처음 접속하는 곳이 금연나라였고, 퇴근한 뒤 밤 늦게까지 머무르는 곳 또한 금연나라였다. 피부가 깨끗해지고 탄력이 생겼다, 탁했던 눈동자가 맑아졌다, 입냄새가 사라졌다, 아침에 일어나기 쉬워졌다. 자잘한 변화에 기뻐하는 남자 회원들의 글을 읽으면서 '남자든 여자든 흡연자의 고민은 비슷했구나' 하는 생각이 들었다. 시험에 빠져들고, 마음이 흔들리고, 의지가 퇴색되는 과정도 누구나 밟게 되는 정규 코스이고, 금단현상은 누구도 피해 갈 수 없는 함정이라는 것을 확인한 나는 서서히 자신감을 갖게 되었다. 금연나라에 새 글을 올리기 위해서라도 집 근처 안양천 조깅을 거르지 않으려고 애썼다.

금강산에서 '한 가치 귀신'에 잡히다

담배와 사귄 후 처음으로 장기 금연에 성공하는 듯했다. 금연 희망자라면 누구나 정복하고 싶어하는 관문인 백 일 고지를 코앞에 둔 시점이었다. 주간지 부장급 기자들끼리 금강산 관광을 가게 되었다. 금연 고수들은 금연이 정착될 때까지는 특별한 이벤트나 사람이 많이 모이는 자리는 피하라고 충고했다. 분위기에 휩쓸리기 쉬운 자리에서는 담배 생각이 나기 마련이어서 위험하다는 것이다.

그러나 다소나마 깨끗해진 폐로 민족의 명산 금강산에 오르고 싶다는 열망이 더 컸다. 조깅으로 다진 체력을 시험해보려는 치기도 없지 않았다.

결과는 나의 KO패, '한 가치 귀신'의 완벽한 승리였다. 한 가치 귀신은 금연나라에서 가장 많이 쓰이는 관용구. 아무리 오래 담배를 끊었다가도 한 개비만 피워 물면 도로아미타불이 되는 게 흡연자들의 숙명이었다. 그것에 붙들려 한번 실족하고 나면 대개는 '엎어진 김에 쉬어 가자'는 심정으로 자포자기하기 마련이다.

내 경우도 그랬다. 이틀 동안 내리 잘 참다가 마지막날 맥주 한 잔을 마신 게 화근이었다. 테이블에 놓인 담뱃갑에 절로 손이 갔고, 슬쩍 한 대 피워 물었다. 금강산 만물상에 오른 감격, 내일이면 일상으로 되돌아가야 한다는 헛헛함, 모처럼의 등반으로 인한 피로감이 겹친 가운데 알코올이 들어가면서 순식간에 벌어진 일이었다. 한 가치 귀신은 나를 급습할 기회를 내내 엿보고 있다가 그 기회를 놓치지 않은 것이다.

상습 금연자들의
세계

이탈리아 작가 이탈로 스베보는 그의 소설 『제노의 의식』에서 한평생 담배를 끊으려고 발버둥치는 남자 제노를 소개한다. 그는 담배를 피울 때마다 이 담배가 마지막 담배라고 다짐한다.

나의 생애는 궐련과 단연斷煙 결심으로 가득차게 되었으며, 담배와 설연하는 것, 아직 남은 것이라면 그것 정도다. 내 나이 스물에 시작한 마지막 궐련이라는 춤은 아직 마지막 동작에 이르지 않았다. 나의 결심은 과단성이 부족하며 나이가 들수록 나의 나약함에 관대해졌다. 사람은 늙으면 인생과 그 안에 내포된 모든 것에 미소를 지을 수 있는 여유가 생긴다. 나는 오랫동안 대단히 많은 궐련을 피워왔으며, 이제 그것들을 마지막 담배라고 부르기를 포기했다고 말하는 편이 나을 것이다.

'금강산 사건' 이후 나는 지금 피우는 이 담배가 마지막이라고 늘 다짐하는 상습 실패자 대열에 들었다. 오전에 사이트로 들어가 금연을 서약하고, 오후에 그 맹세를 저버리기도 했다. 백 일 가까이 담배를 끊었다는 게 스스로도 믿기지 않았다.

5월 1일, 5월 8일, 6월 9일(결혼기념일), 6월 25일, 7월 17일(제헌절), 8월 15일(광복절), 10월 17일(둘째 아이 생일) 등등 나름으로 의미 있는 날을 금연 개시일로 잡았다가 실패하면 다시 날짜를 잡곤 했다. 제노가 가족의 생일은 물론 교황의 생일에 이르기까지 달력에 적힌 날짜에 의미를 부여하는 데 천재적인 재능을 발휘했다는 대목을 읽으면서 나도 모르게 무릎을 쳤다. 어쩜 이렇게도 닮을 수가! 하기야 금연 사이트에 올라온 글들을 보면 너나없이 금연 날짜를 잡는 데는 도사였다.

금연 결심이 자주 무너지다보니 스스로도 납득되지 않는 행동을 하게 되었다. 안 피울 작정으로 쓰레기통에 버린 담배를 다시 주워 피우는 건 다반사. 일부러 물통에 버린 담뱃갑을 건져 물에 젖은 담배를 라이터 불에 꼬치 굽듯이 돌려가며 말려서 피운 적도 있었다. 그런 일을 미연에 방지하기 위해 반 토막을 내어 던져버리고 난 뒤에 조심스레 다시 이어붙여 피우기도 했다. 붙이기

좋게 토막 낼 걸 잘못했다, 후회하면서.

그러다보니 마지막 담뱃갑을 던질 때도 다시 피우게 될 때를 머릿속으로 계산하게 되었다. 초발심은 어느덧 사라지고 담배 끊기와 다시 피우기가 루틴으로 자리잡았다. 담배 중독만으로도 모자라 금연 중독까지 겸하게 된 것이다.

"별명이 '부터 서'라면서요?"

그런 나날이 계속되던 어느 날, 임도경 기자(《뉴스위크》 한국판 전 편집장)가 밥을 먹다 말고 느닷없이 질문했다.

"선배 별명이 '부터 서'라면서요?"

"'부터 서'가 뭔데? 처음 듣는 별명인걸."

"맨날 언제부터 담배 끊는다, 저제부터 담배 끊는다 해서 그런 별명이 생겼다던데, 선배는 모르고 있었나봐요?"

금연한답시고 온갖 요란을 떨다가 슬며시 다시 피우고, 금연을 포기했는가 하면 다시 요란스레 금연을 선포하는 내게 후배들이 넌더리를 낼 만도 했다. 그렇다고 '부터 서'라니, 충격이었다. 서운하고 창피했지만, 그들을 탓할 수는 없었다.

날마다 담배를 끊을 생각으로 담배를 안 사다보니 다른 사람들에게 이만저만 민폐를 끼치는 게 아니었다. 사지 않으면 피우지도 말아야 하지만 담배에 인이 박인 사람이 어디 그럴 수 있다던

가. 툭하면 주위 사람에게 '담배 한 대만' 하고 손을 내밀고, 담배를 건네주면 이번에는 라이터를 찾았다.

　정작 본인은 의식하지 못했지만 보는 사람들에게는 꼴불견이었나보다. 어느 날 회의에서 사장과 심각하게 의견이 충돌하자 마음을 다스리려고 옆에 있던 편집국 후배에게 담배 하나 달라고 손짓했다. 지켜보던 사장이 "서부장, 제발 담배 좀 사서 피우세요"라고 면박했다. 평소에 담배 무상조달에 불만이 많았던 그 후배는 "그러게나 말입니다. 제가 이제껏 서선배에게 제공한 담배가 족히 몇 가마니는 될걸요, 아마"라면서 내게 혀를 쏙 내밀었다. 회의가 끝난 뒤 그는 "선배, 그러다가 N 의원 짝 나는 거 아니에요?" 실실 놀려댔다.

　N 의원 이야기는 정가政街에 널리 알려진 '오래된 전설'이었다. 동교동계의 소문난 골초인 그는 담배를 끊겠다는 비장한 각오로 빈손으로 다니기 시작했다. 그러나 수십 년 경력의 체인 스모커에게 금연은 쉬운 일이 아니다. 당직자건 동료 의원이건 자기 보좌진이건 눈에 띄기만 하면 '담배 하나'를 구걸하는 N 의원의 악명은 자자했다. 주변에서는 그가 얻어 피우는 담배가 하루 두세 갑은 족히 된다고 수군거렸다. '시장의 대반격'이 시작되었다. 귀찮고 약올라서 주위 사람들이 하나둘 담배를 끊어버린 것이다. 결국 N 의원 주변에는 담배 피우는 사람이 N 의원밖에 안 남았다는 슬픈 이야기다.

나도 N 의원처럼? 돌이켜보니 반박할 처지가 못 되었다. 만나는 사람에게마다 손을 벌린 건 사실이었다. 후배는 이때다 싶었는지 내게 오금을 박았다. "끊든지 피우든지 확실히 하세요. 지금처럼 오락가락하면 사람 꼴만 우스워져요."

　오락가락, 갈팡질팡, 약속 파기를 거듭하는 건 나만이 아니었다. 다른 일에는 맺고 끊음, 나아감과 물러섬이 분명한 사람도 담배에 관해서만은 물러터지고 무기력한 모습을 보이기 일쑤였다.

　특히 언론 종사자들은 대부분 자기 합리화의 귀재여서 실패하더라도 변명거리를 못 찾는 법은 없었다. 담배를 반년 넘게 끊었다고 자랑이 대단했던 한 선배를 오랜만에 만났더니 자연스럽게 담배를 꺼내 들었다. 금연에 실패했느냐고 물었더니 언제 그랬냐는 듯 "조강지초糟糠之草를 버리면 벌 받는다" 오히려 큰소리쳤다. 방어용으로 개발한 논리였겠지만, 식자우환識字憂患이라는 옛말이 실감났다.

덤덤하게
헤어지기

　처음에는 금연 성공에만 집착했다. 관계를 하루속히 청산하기 위해 주로 담배의 폐해나 유혹을 물리치는 법을 연구했다. 그러다보니 담배가 점점 미워졌다. 담배는 다정한 벗, 둘도 없는 애인, 충성스러운 참모에서 '평생 내 등골을 빼먹고 영혼을 좀먹은 사악한 연인'으로 자리매김하기에 이르렀다.

　금연에 새로이 돌입할 때마다 마음을 사려 먹고 담배에 대한 증오를 주변 사람들에게 쏟아냈다. 그와 함께하는 동안 단 한 번도 행복한 적이 없었던 것처럼 담배와의 과거지사를 전면 부정했다. 오랜만에 만난 옛친구가 담배를 피우자 "너 아직도 담배 피우니?"라면서 마피아 조직에서 아직도 벗어나지 못한 조직원 취급했다.

금연 결심을 습관적으로 되풀이하고 실패하는 날이 계속되면서 문득 내가 너무 증오하고 미워하니까 더 악착같이 들러붙는 게 아닐까, 담배가 서운해서 내 곁을 배회하고 있는 게 아닐까 하는 생각이 들었다.

왜 안 그러겠는가. 내가 원해서 시작한 사랑이었고, 담배한테 얻은 것도 적지 않았다. 숨막힐 것 같은 독재 정권 시절 담배마저 없었다면 내 젊은 날은 얼마나 숨막혔을까. 생각의 실타래는 꼬이고 마감은 재깍재깍 다가오고 사무실 난방조차 꺼져버린 추운 겨울밤 담배가 함께하지 않았더라면 내 기자 생활은 얼마나 삭막했을까. '남자들은 소파 위에서 온종일 뒹구느라, 여자들은 부엌일하느라 허리가 아픈' 명절 연휴 뒤에 담배가 아니었다면 어떻게 내 화를 삭일 수 있었을까.

그런 담배를 일방적으로 악마 같은 존재로만 치부했으니 담배도 서운했을 터. 그래서 나를 못 떠나고 있는지도 모른다. 담배를 사악한 존재로만 몰아붙였기에 그가 그리워지는 순간에는 대책 없이 무너지고 말았는지도 모른다.

담배는 건강에 나쁘다는 이유 하나로 쉽게 끊을 수 있는, 그렇게 간단한 존재가 아니었다. 리처드 클라인은 담배를 '독점욕이 강한 정부'에 비유한다.

담배는 가장 오만하고 가장 매력 있는, 그리고 가장 자극적이고 가장 사랑스러우면서도 세련된 정부(情夫 혹은 情婦)이며, 자기 외에는 어떤 존재도 용납하지 않으며 그 어떤 것과도 타협하지 않는다. 그것은 도박이나 독서처럼 절대적이고 배타적이며 격렬한 열정을 불러일으킨다.

똑같은 방식을 고집하다간 이별을 간절히 원하면서 제 발로 뛰쳐나갔다가 다시 돌아와 그의 품에 안기는 여자가 될지 모른다는 생각이 들었다. 과거의 사랑을 인정하지 않고는 제대로 헤어질 수 없다는 것, 이를 악물고 미워하는 것만으로는 그와 제대로 결별하지 못하리라는 것을 비로소 깨달았다.

우선 담배에 대한 생각부터 바꾸기로 했다. 우연히 만나 기쁨과 슬픔을 함께하면서 한 세월을 보냈다, 행복한 순간도 짜릿한 순간도 있었다. 허나 이젠 인연이 다한 것 같다, 당신을 계속 사랑하기에는 내가 너무 늙고 지쳤다, 부탁하건대 내 곁을 떠나달라고 마음속으로 우리의 관계를 정리했다.

무수한 시행착오 끝에 부정적 접근에서 긍정적 접근으로 방향을 선회한 것이다. 금연을 결심한 지 5년 만인 2003년 말이었다.

담배에 대한 생각부터 바꾸기로 했다. 우연히 만나 기쁨과 슬픔을 함께하면서 한 세월을 보냈다. 행복한 순간도 짜릿한 순간도 있었다. 허나 이젠 인연이 다한 것 같다. 당신을 계속 사랑하기에는 내가 너무 늙고 지쳤다. 부탁하건대 내 곁을 떠나달라고 마음속으로 우리의 관계를 정리했다.

널리 알리면 명의가 나타난다

헤어지는 마음가짐도 중요하지만, 방법론도 필요했다. 자기 의지만 굳으면 된다는 오만을 버리고 만나는 사람들에게 금연의 어려움을 솔직하게 털어놓고 도움을 청했다. 골초였다가 금연에 성공한 사람을 만나면 남녀노소 가리지 않고 그 비결을 알아냈다. 그중에는 즉시 따라 한 것도 있고, 실천에 옮기지 못한 것도 있다. 십분 공감한 것도 있고, 아예 마음속으로 접수되지 않은 것도 있었다.

사람은 워낙 각양각색이어서 금연 방식도 다양하기 이를 데 없었다. 금연초가 도움이 되었다는 사람, 금연 패치를 붙여 효과를 보았다는 사람, 물을 하루에 두 통씩 먹으면서 니코틴을 해독했다는 사람, 운동으로 땀흘리면서 금연 욕구를 이겨냈다는 사람, 반신욕이 의외로 효과가 좋더라는 사람, 하루종일 껌을 씹었다는 사람, 술까지 '동시 패션'으로 끊음으로써 비로소 성공했다는 사람, 담배 생각이 나면 무조건 1분만 그 자리를 뜨고 본다는 사람 등등. 저마다 자기만의 '한 방'을 갖고 있었다.

초등학교 남자 동창생의 도움말은 뜻밖에도 결정적인 도움을 주었다. 부장검사인 그는 동창 모임에서 내가 '또' 금연을 시도한다는 이야기를 듣고 담배가 생각나면 담배를 반으로 분질러 냄새만이라도 맡으라고 했다.

시범을 보이는데 그 모양새가 마치 아편쟁이가 킁킁거리며 아편 냄새를 맡는 모습과 흡사했다. 나는 장담했다. "그럴 일은 없을 테니 걱정 마." 친구는 말했다. "그래도 머릿속에 넣어두었다가 정 힘들 때 한번 해봐."

역시 동창생이란 고마운 존재다. 지난 1년 동안 내가 가장 흔들릴 때 의존한 응급처방은 다름 아닌 반토막 담배였다. 몸이 제발 니코틴을 집어넣어달라고 아우성칠 때면 나는 담배를 집어들었다. 그럴 때면 "선배, 절대로 피우면 안 돼. 힘들더라도 조금 참으세요" 하면서 팔목을 붙잡는 후배도 있고, "그래, 너무 힘들면 한 대 피워라. 참느라 스트레스받아 암 걸리나 피워서 암 걸리나 똑같아. 다 팔자에 있는 대로 사는 거지 뭐" 반갑다는 듯 권하는 선배도 있었다. 물론 그들의 걱정이나 환영은 번번이 빗나갔다. 반으로 분질러서 킁킁거리며 그리운 냄새만 맡았기에. 흡연자들은 피우지도 않으면서 애꿎은 담배만 축낸다고 비난하기도 했다. 다행히도 반년이 넘어서면서부터 담배를 반토막 내는 일은 거의 없어졌다.

오보를 막아라

내가 다니던 직장에는 흡연과 금연 사이를 나 못지않게 오락가락한 기자가 있었다. '이완용 증손자 재산 반환 청구 소송' '김훈 중위 의문사 — 적과의 내통' 같은 굵직한 특종 기사를 터뜨린 정희상 기자다. 그나 나나 금연 약속을 하도 어겨서 주변 사람들이 다 믿지 않는 '양치기 소년'이었다. 그런 그가 만천하에 자신의 흡연 사실을 공개함으로써 금연에 성공했다.

새해 벽두부터 건강을 위해 담배를 끊자는 '이주일 열풍'이 거세게 불어닥친 2002년 1월 하순께. 설 합본호 특별 기획으로 금연 열풍을 다루기로 했다. 그런데 그 무렵 거의 모든 신문과 방송이 이주일씨의 폐암 발병을 계기로 한동안 요란하게 금연 특집을 내보낸 터라, 다른 매체와 차별화할 아이디어가 필요했다.

기획회의 도중 누군가가 골초 기자에게 자신의 진솔하고 생생한 체험담을 쓰게 하면 좋겠다고 제안했다. 안 돌아가는 머리를 쥐어짜는 데 지쳐 있던 회의 참석자들은 너도나도 좋은 생각이라고 찬성했고, '선수'를 선발하기로 했다. 만장일치로 추대된 이가 바로 정희상 기자였다. 그는 그즈음 코미디언 이주일씨 발병 소식에 충격을 받아 연초부터 다시 요란한 금연 작전에 돌입한 터였다. 금연 사실을 지상紙上에 공개하면 금연을 유지하는 데도 도움이 되리라는 게 동료들의 우정 어린 판단이었다.

그런데 뜻밖의 암초가 출현했다. 당사자가 완강하게 저항한 것이다. 그는 직속 상사인 나의 집필 요구를 단호하게 거부했다. 어떤 업무 명령도 다 따르겠다, 총탄 쏟아지는 전쟁터라도 가겠지만 금연 체험담만은 절대로 쓸 수 없다. 어디까지나 사생활이므로 회사가 침범할 영역이 아니라는 것이었다. 우호적으로 시작된 대화가 끝내 "너 나를 물로 보는 거냐 뭐냐" "아무리 후배지만 사생활은 존중해줘야 하는 게 아니냐"는 언쟁으로 치달았다.

다음날 아침 일찍 출근해보니 내 책상 위에 그의 원고와 간단한 메모가 놓여 있었다. 밤새 고민하다가 새벽에 썼다, 일을 위해서나 자기 자신을 위해서나 필요하다고 판단해 두렵지만 총대를 멘다, 아직도 이 쓴잔을 피했으면 하는 마음이 있지만 선배가 알아서 판단해달라는 요지였다. 내보내는 쪽으로 일을 추진했음은 물론이다. 미술부는 한술 더 떠 그 지면에 쓸 마땅한 사진이 없으니 당사자 얼굴을 흐릿하게 처리해서라도 내보내자고 제안했다. 원고 쓰기조차 거부했던 정기자는 펄쩍 뛰었지만, 대세를 거스를 수는 없었다. 수만 명의 독자들에게 그의 얼굴과 함께 금연기가 소개되었다.

문제는 그로부터 한 달쯤 지난 뒤 터졌다. 정기자가 다시 담배에 손을 댔다는 첩보가 들어왔다. 설마 했다. 계단에서건 회의실에서건 담배 피우는 그의 모습이 눈에 띄지 않았기 때문이다. 훗날 알게 된 일이지만, 그는 회사 근처 칸막이가 둘러쳐진 오래된 다방에서 '몰래 흡연' '번개 흡연'을 한 뒤 시치미를 떼고 사무실에 들어왔던 것이다.

시간이 흐르면서 대부분의 동료들은 그의 '탈선 행각'을 눈치챘고, 그에게 "어이 정희상씨, 그때 그 기사 정정 보도 내보내야 하는 거 아냐?" "그럼 그럼, 아마 우리 잡지 최대의 오보 사건으로 기록될걸" 짓궂게 놀려대는 동료들도 있었다.

다들 농담으로 던진 이야기였지만, 정작 본인은 사람들이 무심코 던진 돌에 맞는 개구리 심정이었나보다. 그는 이런 날이 올지 모른다는 생각에 그토록 발버둥치면서 저항했는데, 알 만한 처지이면서도 자기에게 금연 체험기를 강요한 선배가 원망스럽다고 푸념했다. '자기를 두 번 죽인' 선배라는 것이었다.

그러나 특종 기자는 자신의 기사가 오보가 되는 것을 결코 용납할 수 없었나보다. 고통스러운 재도전 끝에 그는 단연에 성공했다. 골치 아픈 기사를 쓰는 주에는 회의실(일종의 흡연실이다)에 수십 번도 더 들락거려 '꽁무니에 불붙은 닭' 같던 그의 모습은 전설이 되고 말았다. 지금도 가끔 그에게 생색을 내곤 한다. "그때 발목을 잡은 게 오히려 약이 된 거야. 오보 만들지 않으려고 발버둥치다가 결국 담배를 끊게 되었으니. 선배의 깊은 뜻을 그때는 몰랐지?"

"얘야, 뭐든지 햇볕에 내놓고 말려야 제대로 마른다." 외할머니가 하시던 말씀이다.

그녀는 예뻤다

H양의 이야기를 들려준 이는 청소년보호위원회 문병호 사무관이었다. 예전에 나는 문사무관을 따라 서울 경기 일대의 금연 시범 초중고교를 둘러보았다. 금연에 대해 많은 것을 새롭게 알게 되었고 열성적인 교사도 여럿 만났지만, 정작 학생들을 만나지는 못했다. 수원역에서 서울로 돌아오는 전철 안에서 아쉬워했더니 문사무관이 '그 소녀' 이야기를 꺼냈다.

"그애를 만나보시면 좋을 텐데요. 중학교를 중퇴하고 가출해서 주유소 알바도 하고, 뭐 이상한 데에도 몸을 담고, 하여간 꽤나 고달프게 산 애예요. 그애를 보호하고 있던 시설에서 연락을 받고 만나봤더니 정말 심각하더라구요. 하루 네 갑씩 담배를 피웠다는

데, 잇몸이 다 썩어 있고 성한 이가 하나도 없는 것 같았어요. 금연 프로그램에 도움을 많이 주시는 치과 의사에게 무조건 도와달라고 말씀드렸어요. 흔쾌히 그러마 하고 치료비를 정말 염가로 해주셨어요. 이젠 담배도 완전히 끊고 아주 달라졌어요. 참 아쉬워요. 치료 과정도 일일이 찍어놓고 그동안의 변화도 다 기록해놓았는데. 현장에서 보셔서 아시겠지만 요즘 애들은 홍보 책자보다는 비디오 자료 같은 걸 좋아하거든요. 아이도 정말 자기 같은 청소년이 다시는 없었으면 한다고 다른 아이들을 위해서라도 협조하겠다고 했는데, 부모가 비디오 공개를 완강하게 반대했어요. 다 물거품이 되고 말았죠, 뭐."

흥미로운 사례였다. 아직도 그 소녀가 치료를 받는다는 강남의 '차혜영 치과의원'에 전화를 걸었다. 원장 선생님은 기자 출신이라고 하자 긴장하는 기색이 역력했다. 혹시나 아이에게 선정적인 관심을 보일까 염려하는 듯했다. 내가 진짜 골초였다, 그래서 청소년의 흡연과 금연에도 관심이 있다, 준비중인 책에도 도움이 될 것같아 한번 만나고 싶다고 말했더니 그제서야 마음을 놓는 것 같았다. 그러나 소녀가 거처하는 곳의 전화번호를 가르쳐줄 수는 없고, 그 아이가 당신을 만나준다는 보장도 없다, 그러니 병원으로 일단 와보라고 하셨다.

며칠 뒤 약속한 날에 병원으로 찾아갔다. 차혜영 원장은 정 많고 인자한 엄마 같은 분이었다. "어서 와요. 두 사람이 아무래도 인연이 있나봐요. 아침에 전화가 왔더라구요. 오늘 치료받으러 가도 되겠냐구요. 이따 올 테니까 잘 말해보세요. 본인이 응해야지 내가 강요할 수는 없는 일이니까."

하늘은 스스로 돕는 자를 돕는다고 했던가. 처음 이야기를 들을 때부터 그토록 보고 싶더니 이렇게 만나게 되는구나. 차원장은 늦게 본 막내딸 자랑하듯 H를 칭찬하느라 입에 침이 마를 지경이었다.

"하여간 아이가 그렇게 똑똑할 수가 없어요. 의지도 아주 강하고. 열여섯이라는 게 믿어지지 않을 정도예요. 굳게 결심했다가도 사흘을 못 가는 어른이 많잖아요. 근데 애는 안 그래요. 컴퓨터다 미용이다 자격증도 여러 개 따왔어요. 담배 생각 없애려고 공부를 시작했는데, 이젠 공부에 취미가 생긴 거죠. 걔가 머리가 아주 좋거든요. 내가 일방적으로 도움을 주는 게 아니라 나도 그애에게 많이 배워요. 애들이 다 걔 같은 건 아니에요. 자매가 가출해서 술집에 나가다가 시설에 수용된 경우가 있었는데, 그애들도 이가 엉망이어서 청소년위원회에서 제게 보냈더군요. 담배만 끊겠다고 약속하면 이는 책임지고 치료해주겠다고 했더니, 조금만 생각할 시간을 달라고 하더군요. 다시 왔냐구요? 아니요. 그애들은 H처럼 할 자신이 없었던 거지요."

이야기에 취해서 시간 가는 줄 몰랐는데 종소리가 울렸다. 차원장이 "왔구나" 하면서 입구 쪽으로 갔다. H였다.

호리호리한 몸매, 하얗고 갸름한 얼굴, 동그란 눈, 뾰족뾰족 여드름이 돋은 두 뺨. 곁눈질로 관찰한 그녀의 모습이었다. 박진영의 노래 제목처럼 '그녀는 예뻤다'. 겉으로 보아서는 하루에 담배를 네 갑이나 피웠던 소녀라고 믿기지 않았다.

치료를 마치고 난 뒤 차원장은 그녀를 붙들고 한참 이야기를 나누더니, 방으로 들어와 내게 인사를 시켰다.

"얘가 이야기를 해보겠다네요. 선생님이 왕년에 엄청 골초였다고 얘기했더니 동지 의식을 느꼈나봐요. 훗훗."

차원장에 의해 졸지에 '왕년의 골초'로 규정된 두 여자도 따라 웃었다. 아, 그녀는 교정틀을 끼고 있었다. 차원장이 지금은 치료가 다 끝나고 치아 교정에 들어갔단다. 끝나고 나면 완전한 미인이 될 거라는데, 정말 그럴 것 같았다. 우리는 그렇게 만났다.

첫 만남이어서 그런지 원래 성격이 그런지 H는 말수가 적었다. 꼭 필요한 말만 지극히 간략하게 했다. 또 자기 이야기는 다 하면서도 집안이나 부모 이야기가 나오면 화제를 돌리거나 입을 꼭 다물어버리곤 했다. H가 띄엄띄엄 털어놓은 이야기다.

"담배를 처음 피운 건 초등학교 5학년 때 동네 언니를 따라서예요. 우리보다 두 살쯤 많았어요. 한번 피워보라고 줬는데 처음에는 쓰기만 해서 왜 피우는지 모르겠다는 생각이 들었어요. 그래도 피웠어요. 심심해서요. 그러다가 맛있게 느껴졌어요. 나중에는 정말 좋아하게 됐어요. 담배 맛, 저 알아요. 무슨 돈으로 사 피웠냐구요? 우리집이 슈퍼였거든요. 가게 돈통에서 슬쩍(이 대목에서 그녀는 무안한 듯 혀를 쏙 내밀었다)했지요. 그래도 엄마 아빠는 눈치채지 못했어요. 워낙 바빴으니까.

그러다가 중학교에 갔는데 학교가 정말 재미없었어요. 공부도 하기 싫고. 공부를 못하니까 애들하고도 못 어울리고 그랬어요. 그러다가 그 언니 따라 집을 나왔어요. 언니가 학교에서 짤렸거든요. 첨엔 주유소에서 먹고 자면서 '알바'했는데, 나중엔 언니랑 방을 하나 얻고, 편의점 같은 데서 일했어요. 하루에 네 갑까지 피워봤어요. 담배 없이는 못 살 것 같았어요. 먹는 것도 귀찮고 다 싫었는데 담배 피우려고 억지로 먹었어요. 웃기죠?

근데 편의점 같은 데는 월급이 너무 적었어요. 결국 그런 일(유흥업소)까지 하다가 잡혀서 시설에 수용된 거예요. 시설에서도 담배를 피웠어요. 하루 몇 대 정해놓고 주거든요. 이제는 그런 것도 없어졌지만.

다시 담배 피우고 싶은 생각 있냐구요? 처음엔 정말 힘들었어요. 맨날 하던 걸 안 하니까 머리가 텅 빈 것 같고 어지럽고 살기도 싫고. 근데 선생님이 애써서 치료해주시는데 다시 피우면 너무 미안할 것 같았어요. 담배 생각 안 하려고 공부했어요. 이젠 생각 안 나요. 정말이에요. 집에 돌아가는 거요? 아직은…… 나중에요."

대화 말미에 일본에는 호스티스 출신으로 검사가 된 여자도 있다고 했더니 H는 "오히라 미쓰요죠?" 이름을 척 갖다댔다. 그녀가 그 이름을 정확히 아는 게 반갑고 신기했다. 내친김에, 너도 훌륭한 사람이 되면 다른 어떤 사람보다도 후배들에게 귀감이 될 수 있다, 네 몸으로 터득한 것을 들려주면 후배들이 귀기울일 거라고 말해주었다. 그녀는 눈을 반짝이며 들었다.

그녀를 배웅하고 돌아온 차원장이 "쟤가 선생님 얘기에 굉장히 고무된 것 같아요. 골초였던 사람끼리 통하는 게 있나보죠?"라고 말했다. 제발 H가 훌륭한 사람이 되어서 다른 소녀들에게 희망이 되는 그런 날이 왔으면 좋겠다. 아니 그렇게 되리라고 믿는다. 하루 네 갑이나 피우던 담배를 끊은 의지라면 무언들 못 하겠는가.

한번 해볼 만한
도전

전문가들은 열일곱 이전에 담배를 배운 '조기 흡연자'와 여성은 평균적인 성인 남성보다 금연에 더 어려움을 겪는다고 지적한다. 담배에 대한 육체적, 정신적 의존도가 워낙 높기 때문이란다(최근 열아홉 이전에 담배를 피운 이들은 스물다섯 이후 흡연자들보다 담배 끊기가 11배나 어렵다는 조사 결과도 나왔다).

남자는 권태로움을, 여자는 외로움을 견디기 위해 담배를 피운다는 주장도 있다. 그게 사실이라면 외로움을 달래준 담배가 권태로움을 덜어준 담배보다 더 끊기 힘들 것 같기는 하다.

여자의 금연은 어렵다고? 그러니 더 도전할 만한 가치가 있다. 누구나 다 올라가는 쉬운 산은 매력이 없다. 힘들게 올라가야 성취감도 있고 기억에도 남는다. 인생을 살아가는 데도 도움이 된다. 금연의 봉우리도 마찬가지다.

걷고 또 걷다보면 백 일도 맞이하고 일 년도 맞이하게 된다. 나 같은 구제불능 골초도 일 년은 끊었으니, 마음만 먹으면 못 끊을 것도 없다. 성공 여부는 지레 포기하지 않는 마음, 간절히 헤어지고 싶은 마음, 자신을 위하는 마음을 가지는가에 달려 있다.

여자는 담배 피우기에서부터 용기가 필요한 게 우리 사회다. 그런 용기라면 담배를 끊는 일도 얼마든지 가능하다. 앞에서 언급한 열여섯 살 소녀는 조기 흡연자에 여성이라는 두 가지 악조건을 딛고 금연에 성공하지 않았는가.

남편도 아이도 아닌 '나 자신'을 위하여

여성의 금연이 어려운 이유 중 하나는 누군가를 위해 금연을 결심하기 때문이다. 금연 사이트에 들어가보면 많은 여자들이 비슷한 이야기를 한다. 남친이 금연을 간절히 원하고 있어서, 남편을 더 실망시키지 않기 위해서, 사랑하는 아이들을 위해서가 금연의 주된 이유로 설정된다. 참 갸륵한 마음이지만, 여성 금연이 성공하기 힘든 배경이기도 하다.

아이들을 위해서라는 이유만 해도 그렇다. 임신 기간에 담배를 완전히 끊었다가 육아 스트레스 때문에 다시 피우는 여자들이 더러 있다. 하루종일 울어대는 아이, 밤과 낮이 바뀌어 밤에만 놀아 달라는 아이, 병원 출입이 잦은 아이 등등 아이 뒤치다꺼리는 많고 외출은 힘든 사정이다보니 다시 쉽게 붙잡게 되는 게 처녀 시절에 배워둔 담배이기 쉽다.

그런데 아이가 점점 커가니 미안하고 불안하단다. 하루가 다르게 눈치가 빨라지는 아이가 엄마의 흡연 사실을 알게 될까봐.

아직 어린아이라도 미안한 건 마찬가지란다. 담배 냄새 안 나는 입으로 뽀뽀해주고 볼도 비벼주고 싶은데 자기에게서는 고약한 담배 냄새가 난다고, 제발 금연에 성공해 향기로운 엄마가 되고 싶다고들 말한다.

그러나 아이가 예쁘고 아이에게 미안한 순간만 있는 게 아니다. 아이 때문에 자기 인생이 저당잡힌 것처럼 느껴지고 막막해지는 때도 있다. 가뜩이나 스트레스를 받으면 흡연자들은 담배로 도피하고 싶어지기 마련이다. 늘 그래왔듯이. '아이를 위해서' 금연을 결심한 엄마라면 '아이 때문에' 다시 담배를 피우고 싶어진다. 내가 누구를 위해 담배를 끊었는데 왜 이리 엄마를 이렇게 힘들게 한단 말인가, 한숨을 내쉬면서.

남편이나 남친도 더하면 더했지 덜하지는 않다. 남편에게 미안한 순간만 있겠는가. 실제 화나고 열불나고 고까운 감정을 더 많이 느끼게 되는 것이 남편과의 관계이다. 남편을 실망시키지 않기 위해서라는 금연 결심은 남편 때문에 열받아서라도 무너진다.

그러니 제발 다른 사람을 위해 금연한다는 생각을 하지 말라. 그저 나 자신을 위해 금연하는 것일 뿐이다. 나를 위해 담배를 취했듯이 나를 위해 담배를 버릴 뿐이다. 그 과정이 내게 그리 녹록지 않겠지만 불가능하지는 않을 것이며, 한번 도전할 만한 가치가 있다는 믿음으로.

흡연자라면 자신을 위해 금연할 이유를 수십 가지, 수백 가지도 더 찾을 수 있다. 아침에 가뿐한 컨디션으로 일어날 수 있다는 것에서부터 잠옷에 불똥이 떨어지는 불상사를 막을 수 있다는 것에 이르기까지.

나는 담배에 깊이 중독되어 있던 무렵, 아침에 눈을 뜨기 위해 일단 담뱃불부터 붙여야 했고, 한밤중에도 담배가 피우고 싶어 잠을 잘 수가 없었다. 꾸벅꾸벅 졸면서 담배를 피우다가 머리카락을 태운 적도, 허벅지를 덴 적도 있었다. 스스로 생각해도 기가 찰 일이었다. 이런 유의 예는 일일이 열거하기가 힘들다.

세상에 자기애보다 강한 것은 없다. 가뜩이나 어려운 게 금연인데 희생정신만으로는 오래 지탱할 수 없다. 자기를 위해서 금연해야 오래갈 수 있다. 자기에게 억압과 희생을 강요할 게 아니라 위안과 보상을 주어야 한다.

오래전에 금연에 성공한 친구가 있다. 처음 몇 년간 그 친구는 금연으로 굳은 담뱃값을 모아 한 달에 한 번 산악회나 답사여행 따위를 따라다녔다. 건강도 다지고 머리도 살찌웠던 것이다. 그러다보니 담배도 끊었지만 등산 실력이나 문화재에 대한 소양도 상당한 궤도에 올랐다. 금연으로 얻게 된 그 보상을 포기할 수 없어서라도 금연을 계속할 수밖에 없다는 그녀다.

여자가 자유롭게 담배를 피우는 것과 담배를 끊는 것 모두 담배로부터의 해방이다.

여자가 자유롭게 담배를 피우는 것과
담배를 끊는 것 모두 담배로부터의 해방이다.

서장금,
미각을 되찾다

금연하고 나면 가장 참기 힘든 때로 '식후'를 꼽는 이가 많다. 직장 동료끼리 몰려가 점심을 먹고 난 뒤 느긋하게 담배 한 대씩 피우는 걸 보면, 금연의 길에 들어선 것을 가끔 후회하게 된다.

사실 흡연자에게 담배만한 후식도 없다. 오죽하면 애연가들 사이에 '식후삼초불연食後三秒不煙이면 조실부모早失父母라'는 우스개가 회자되겠는가. 조선조의 애연가 이옥도 『연경』에 이렇게 썼다. '밥 한 사발을 배불리 먹은 후 입에 마늘내와 비린내가 남아 있을 때 바로 한 대 피우면 위가 편해지고 비위가 회복되는' 기능이 담배의 쓰임새 중 첫째라고.

같은 담배인데도 식후에 유난히 맛있게 느껴지는 건 느긋한 분위기와 포만감 때문만일까, 생리학적인 근거가 있는 것일까. 담배를 연구하는 국가기관에서 오랫동안 근무한 김정화 연구원의 저서 『담배 이야기』의 설명에 따르면, 후자 쪽이다. 담배 연기에 내포된 수많은 성분 중에 페릴라르틴perillartin이라는 성분이 있다. 이것은 식후에 많이 분비되는 침에 녹으면서 단맛을 내게 된다. 단맛을 느끼는 세포는 주로 혀끝에 분포되어 있다. 이 부분은 식사 후에 기름기가 가장 적게 남아 있어 단맛에 예민한 반면, 쓴맛을 느끼는 혀의 표면은 기름기로 덮여 있어 쓴맛을 못 느끼므로 식후 담배가 맛있게 느껴질 수밖에 없다.

내가 아는 애연가 K는 워낙 입이 짧아서 하루 세끼 식사를 즐기기는커녕 고역으로 여기는 사람이다. 그가 식사를 하는 이유는 오로지 담배를 맛있게 피우기 위해서이다. 밥과 담배의 우선순위가 바뀐 것이다.

담배 사랑에 관한 한 K를 따를 사람은 없다고 생각했는데 『연경』에 기록된 한담韓淡의 사례를 접하고서는 더 윗길이다 싶었다.

담배가 처음 들어왔을 때 한담이 매우 좋아하였다. 어떤 자가 물었다. "술과 밥, 담배 가운데 부득이 꼭 버려야 할 것이 있다면 셋 중에 무엇을 먼저 버리겠소?" "밥을 버려야지요." 또 물었다. "부득이 둘 중에서 버려야 할 것이 있다면 무엇을 먼저 버리겠소?" "술을 버려야지요. 술과 밥은 없어도 되지만 담배는 하루라도 없을 수 없소."

두 사람만큼은 아니지만 나도 식후 담배를 무척이나 즐겼다. 워낙 먹는 걸 좋아했지만 담배가 있어 먹는 일이 더 즐겁게 느껴졌다. 세상을 향한 불만도, 업무 스트레스도 맛난 음식을 먹고 난 뒤 담배 한 대를 피우노라면 절로 사라지는 듯했다. 내 예민한 신경을 긁어대던 것들에 대해서도 톨레랑스의 감정이 절로 생겨났다. 수십 차례 금연을 시도하면서 가장 아쉬웠던 것 중 하나가 식후 담배의 즐거움을 빼앗겼다는 것. 담배 없는 식탁은 불 꺼진 화로처럼 적막했다.

"맛을 느끼기 위해 담배를 버렸다"

코페르니쿠스적 전환이 찾아왔다. 언론인 김진화 선생과 함께한 저녁식사 자리에서였다. 제1차 중동전쟁 때부터 줄곧 참전한 베테랑 기자이자 중동 전문가인 그는 외국 유학 생활 중 아르바이트로 식당에서 일하면서 소믈리에 자격증을 따낸 술 애호가이자 미식가였다. 듣기로는 왕년에 파이프 담배를 즐겨 피웠다던데, 내가 만났을 때 그는 이미 금연자로 전향한 뒤였다. 단번에 금연에 성공했다기에 한 수 배워야겠다고 생각했다.

"언제 끊으셨어요? 무슨 계기가 있었나요?"

"꽤 오래됐어요. 특별한 계기는 없었어요."

"어떻게 그 어려운 일에 성공하셨나요?"

"계기는 없었지만 동기는 있었어요. 음식 맛을 제대로 느끼고 싶어서요."

오랜 세월 '식사 후의 맛있는 담배 한 대' 이야기만 듣고 살았다. 그런데 그는 '맛있는 식사를 위한 금연'이라는 정반대 관점을 제시하는 게 아닌가. 혓바닥이 장기간 담배에 절면 미각이 마비된다는 글을 보기는 했지만, 마음에 담아두지는 않았다. 담배의 유해성을 지적하는 갖가지 의학적인 경고에는 둔감해지다 못해 저항감까지 느꼈던 나였다.

똑같은 내용인데도 경험에 근거한 그의 말은 내 마음을 움직였다. 식후 담배를 못 한다는 게 가장 큰 고통이었는데 오히려 금연하면 먹는 일이 즐거워진다니, 반가운 얘기였다. 그러고 보니 일본의 초밥 요리사들은 '절대 미각'을 유지하기 위해 담배를 입에 대지 않는다는 이야기를 들은 기억이 났다.

그러자 그는 오래전 일영유원지의 한 음식점에서 담배꽁초 때문에 모처럼의 나들이를 망친 사연을 들려주었다. 닭볶음탕을 먹다가 뭔가 물컹 씹히기에 얼른 뱉어냈더니 담배꽁초더란다. 주인에게 보여주었더니 아무 일도 아니라는 듯 "아, 담배꽁초가 들어갔군요. 죄송합니다" 하고 말더란다. 그래서 음식에 어떻게 꽁초가 들어갔는지 도무지 이해되지 않으니 사과에 앞서 사건 경위부터 밝히라고 요청했더란다.

주인은 마지못해 주방에 다녀오더니 "주방장이 담배를 피우다가 꽁초를 선반에 올려놓았는데 하필이면 그게 닭볶음탕 냄비에 떨어진 것 같다. 음식값은 받지 않겠다"고 마치 선심이라도 베풀듯 말하더란다. 쓰라린 대가를 치러야 정신을 차릴 것 같아 실랑이 끝에 닭볶음탕 값의 열 배쯤 되는 보상을 받아냈지만, 찝찝한 기분은 영 가시지 않았단다. 절대 미각을 유지하고 주방 청결에 만전을 기해야 하는 조리장의 본분을 감안하면 조리중 흡연은 '운전중 음주'나 다름없다고 그는 분개했다.

먹는 걸 좋아하는 나지만 담배를 배운 뒤에는 음식맛을 찬찬히 음미한 기억이 별로 없었다. 그저 빨리 먹고 나서 얼른 담배 한 대 피워야지 하는 생각에 음식을 허겁지겁 주위담기에 바빴다. 그뿐인가. 아무리 많이 먹어도 담배 한 대 피우고 나면 소화되겠지 싶어서 늘 과식했다. 돌이켜보면 담배는 식사를 맛있게 마무리해주는 존재가 아니었다. 오히려 제대로 된 식사를 불가능하게 하는 훼방꾼이었다. 그날 이후 내게는 금연해야 할 이유가 하나 디 생겼다.

나는 달린다

애증에서 벗어나 상대를 담담하게 바라보기, 자기 자신을 위해 결별을 결심하기. 금연 대장정을 향한 전제 조건이다.

그러나 그것만으로는 부족하다. 마음은 늘 흔들리고 변하는 법. 다시는 가지 않겠다던 자리로 되돌아가지 말라는 보장이 없다. 다른 일에는 단호하기 그지없는 사람도 담배 문제에서만은 승부를 장담하지 못한다. 인간의 정신분석에 새로운 지평을 연 프로이트 같은 사람도 담배에 끌리는 제 마음을 어찌지 못했다. 금연은 결코 만만한 길이 아니다.

담배가 사라진 빈자리를 응시하면서 막무가내로 버티는 건 어리석은 짓이다. 오래 버티기도 힘들다. 상실감은 부재한 시간만큼

커진다. 결국 중독자는 자기가 내쫓은 그를(그녀를) 부르며 달려가기 십상이다.

중독자들은 자신의 중독을 이어가는 일에는 놀라우리만큼 창의적이다. 때로는 천재성마저 번뜩인다. 마약이나 도박 중독에 빠진 사람들은 주위 사람들의 지갑을 열게 하는 신통한 재주를 발휘한다. 담배 중독자들 역시 담배를 다시 피우기 위해서라면 그 어떤 핑곗거리라도 찾아내고야 만다.

그러니 담배의 자리를 메워줄 무언가를, 결핍을 채워주는 어떤 것을 찾아내야만 한다. 그것은 담배 못지않게 강력한 카리스마를 지닌 것이라야 한다. 담뱃갑을 던져버린 그날부터 껌, 커피, 은단이나 군것질거리를 온종일 입에 달고 다니는 사람이 있다. 하루종일 컴퓨터나 텔레비전 앞에서 죽치는 사람도 있다. 담배 생각을 떨쳐내려고 집안을 하루에도 몇 번씩 쓸고 닦는 주부들도 있다. 그러나 어지간한 노력으로는 '한 가치 귀신'에서 완전히 벗어나기가 쉽지 않다.

담배가 어디 보통 카리스마를 가진 영물인가! 대지와 인간과 자연을 사랑한 인디언의 마음을 사로잡았던 영혼의 풀이다. 엄청나게 매력적인 이성과 사귀어본 사람은 웬만한 대상에는 눈길이 가지 않는 법이다.

그러니 담배만큼 카리스마 있는 상대를 만나 그에게 푹 빠져야 한다. 그러나 술, 도박은 그 대상에서 제외다. 비슷하거나 더 파괴적인 속성을 가진 대상이다. 자칫 호랑이 피하려다 사자 만나는 꼴 되기 십상이다.

중독은 중독이로되 삶을 더 활기 있게 만들고 몸을 회복시켜 주는 중독이라야 한다. 그것이 바로 '긍정적 중독'이다.

화투, 독서 그리고 담배에 이르기까지

어릴 때부터 무슨 일에나 빠지면 오랫동안 거기에서 벗어나지 못했다. 좋게 말하면 무언가에 몰입하는 아이, 나쁘게 말하면 자기통제 능력이 부족한 아이였다.

맨 처음 빠진 중독은 '활자'였다. 초등학교에 입학한 뒤부터 글자가 인쇄된 것이라면 신문이건 잡지건 성인물이건 난해한 고전이건 가리지 않고 읽어댔다. 집에서 읽던 책을 학교에 가져가 마저 읽다가 선생님에게 종종 걸려서 혼났다. 점심시간에 학교 앞만화 가게에 갔다가 오후 수업을 잘라 먹기도 했다.

읽기 다음에 찾아온 중독이 화투였다. 시장통 어른들이 가끔판을 벌일 때 어깨너머로 민화투를 익혀 한 학년 아래인 옆집의 영옥이와 날마다 방과후에 화투를 쳤다. 물론 어머니에게는 옆집 2층에 공부하러 간다고 했다. 4학년 때부터 시작된 동양화 공부는 5학년 2학기까지도 계속되었다.

그러던 어느 날 담임선생님이 칠판에 열심히 판서하시는데 엉뚱하게 어젯밤 화투판을 복기하고 있는 나 자신을 깨닫고 스스로도 한심하다는 생각이 들었다. 청단패 석 장을 다 들고서도 청단을 못 한 게 뼈아파서 어떤 순서로 패를 내놓아야 청단을 할 수 있었을까 되짚어보고 있었던 것이다. 그 무렵 읍내 영화관에서는 〈여자 도박사〉라는 영화가 상영되고 있었다. 학생 입장 불가여서 못 보았지만 대충 짐작은 갔다. 이러다가는 내 인생의 종착지가 여자 도박사라고 생각하니 어린 마음에도 기가 막혔다. 결심을 다지는 뜻에서 부엌칼 등으로 왼손 중지를 살짝 내리치고 화투에서 손을 뗐다.

도박사가 될지 모른다는 악몽 때문이었을까, '지랄 총량의 법칙'에 따라 평생 칠 화투를 그때 다 쳤기 때문일까. 그뒤로는 화투를 만진 기억이 거의 없다. 명절 때 식구들끼리 고스톱을 칠 때도 두세 판만 돌아가면 어디선가 브레이크를 거는 소리가 들려온다. '명숙아, 그만둬. 화투가 얼마나 시간 뺏는지 잘 알잖아.'

담배를 끊으면서 못 말리는 중독 체질을 다시금 돌아보게 되었다. 그냥 적당히, 살짝 즐기는 사람도 많은데 난 왜 무엇이든 시작하면 이렇게 끝장을 보게 되는 것일까. 조물주에게 원망스러운 마음이 들었다.

그러나 미국의 심리학자 윌리엄 글래서가 쓴 『긍정적 중독』을 읽으면서 마음을 바꿔 먹었다. '긍정적 중독'이라는 개념이 마음에 와닿았다. 이 책의 저자는 부정적 중독이나 긍정적 중독이나 중독 증세는 비슷하지만 그 상태에 도달하는 방식이나 중독의 결과는 전혀 다르다고 지적한다. 기왕 중독 체질이라면 긍정적 중독에 걸려보자고 생각했다.

달리기는 긍정적 중독의 전형

하지만 그가 구체적으로 제시한 대안에는 동의하기 힘들었다. 그는 달리기와 명상을 긍정적 중독의 전형으로 꼽았다. 달리기라니! 나는 달리기는 고사하고 걷기조차도 끔찍이 싫어했다. 초등학교 첫 운동회 때 꼴찌를 해서 부푼 마음으로 구경 온 아버지를 실망시킨 뒤부터 달리기와는 도통 인연이 없었다. 중학교 때 폐활량을 검사했는데 우리 반에서 제일 낮은 수준이었다. 고등학교 때에는 감기 한 번 걸리지 않는 체력인데도 '오래달리기'만 하면 맥을 못 추었다. 사회인이 된 후에도 걷기와 뛰기는 가급적 마다한 나였다. 담배를 알게 된 뒤로는 걷기 싫어하는 버릇이 더 굳어졌다.

그런데 걷기도 아닌 달리기라니! 그토록 좋아하던 담배를 끊기도 서럽거늘, 가장 싫어하는 달리기로 담배의 빈자리를 메우라고? 생각만 해도 끔찍한 일이었다.

담배처럼 달리기에도 푹 빠질 수 있다는 건 나로서는 '상상 초월'이었다. 그 지겨운 달리기가 담배만큼 즐거움과 위안을 준다니, 하루라도 거르면 금단증상에 시달리듯 결핍감을 느끼고 심지어 울적해진다니, 믿기 힘든 일이었다. 그러나 밑져야 본전이라는 생각이 들었다.

금연과 흡연 사이를 오락가락하던 시간 동안 걷기와 뛰기에 간헐적으로 매달렸다. 물론 매일 하지는 못했다. 빼먹은 날이 더 많았다. 흡연으로 돌아서면 운동을 중단하다가, 금연을 재개하면 다시 하는 식이었다. 요령도 정해진 시간도 따로 없었고 훈련 계획 같은 건 더더욱 없었다. 그저 뛰다가 지쳤다 싶으면 걷고, 걷다가 힘이 붙는다 싶으면 뛰었다. 가뜩이나 운동도 지겨운데 운동 방식까지 까다롭게 설정하면 더 지겨울 것 같아서였다. 그래도 가랑비에 옷 젖는다더니 1~2년이 지나면서 몸의 반응이 조금씩 달라졌다. 걷는 게 차츰차츰 좋아지더니, 며칠씩 걷지 못한 날에는 몸이 찌뿌드드하고 심지어 우울해지기조차 했다.

정작 2003년 1월부터 금연을 재개한 뒤 운동을 통 하지 못했다. 오랫동안 몸담은 직장을 그만둔 뒤 정신적 몸살을 심하게 앓느라고 운동할 여력이 전혀 없었기에. 그러다가 어느 날 체중계에 올라보니 몸무게가 장난이 아니었다. 금연 5개월 만에 체중이 무려 7킬로그램이나 늘었다. 원래 몸무게도 만만치 않은 터여서 비상사태에 돌입했다.

몇 년 전 일이 떠올랐다. 당시 직장에는 1년 넘게 금연중인 관리부장이 있었다. 다들 부러워하고 있었는데 그가 전체 회식 자리에서 뜻밖에도 담배를 피워 물어 주위를 놀라게 했다. 그는 쑥스럽다는 표정으로 "다른 건 다 좋은데 체중이 너무 불어 불편해서 살 수가 없었다. 뚱뚱해서 성인병 걸리나 담배 때문에 암 걸리나 다 팔자소관 아니냐"고 말했다. 체중 증가는 '한 가치 귀신'을 물리친 이들마저 다시 수렁으로 밀어넣는 최후의 덫. 나도 그 덫에 치이기 일보 직전이었다.

그다음 날부터 한강 둔치로 나갔다. 몸이 둔중해서 뛰는 건 엄두도 낼 수 없었다. 어느 날에는 뜨는 해를, 어느 날에는 지는 해를 보면서 걸었다. 코스도 운동 시간도 제멋대로였다. 정해진 룰은 오직 하나, 일주일에 서너 번은 반드시 걷자는 것이었다.

한 달쯤 계속하다보니 저절로 뛰고 싶어졌다. 몸이 뛸 준비가 되었다는 신호였다. 한 시간 이십 분쯤 걷던 나는 그날 컨디션에 따라 사오십 분쯤 뛰었다. 어느 날 목표로 했던 지점에 다다르자 이젠 그만 뛰어야지 하고 멈추는데 한 중년 남자가 내 뒤에 멈춰 서더니 "아줌마 정말 대단하네요" 하는 게 아닌가! 들어보니 내가 출발한 방화역 근처에서부터 내 뒤를 따라왔단다. 조금 뛰다 말겠지 하고 따라붙었는데, 아줌마가 계속 뛰는 바람에 여기까지 오느라 죽을 뻔했다고 그는 엄살을 부렸다. 어쨌거나 기분이 나쁘지는 않았다. 여고 시절 오 분 달리기를 하고서도 기진맥진하던 내가 쉰을 바라보는 나이에 뒤따라오던 남자를 기진맥진하게 만들었다니.

컨디션이 좋아 오래 뛰는 날에는 이른바 '러너스 하이runner's high'에 도달한 듯한 느낌을 받을 때도 있었다. 처음 10여 분 동안 자기가 몸을 끌고 가느라 힘들 뿐, 그뒤부터는 몸이 자기를 끌고 가니 그저 맡기면 되었다. 결과가 아닌 과정으로서의 운동을 즐기게 되면서 달리기도 중독이 가능하겠구나, 절로 수긍이 갔다.

『긍정적 중독』의 저자는 달리기에 심취한 사람들과의 심층 인터뷰에서 빠르면 6개월쯤부터 긍정적 중독을 경험하고, 대부분이 2년 이내에는 달리기에 중독된다는 사실을 알아냈다. 나는 아직은 중독이라고 말할 수준에 이르지 못했다. 그러나 달리기가 적어도 담배의 빈자리를 대신할 만한 잠재력과 카리스마를 지닌 대상이라는 것만은 말할 수 있다. 달리기는 위기를 때우는 구원 투수가 아니라 선발투수 자격이 충분하다.

'담배 연기와 걱정은 함께할 수 있지만, 달리기와 걱정은 나란히 뛸 수 없다'는 말이 있다. 아직도 나는 달리면서 갖가지 근심거리나 처리해야 할 일을 떠올릴 때가 많다. 그러나 적어도 담배만은 완전히 잊어버릴 수 있다. 그 이유는 나도 모른다. 다만 땀흘리는 일과 담배는 서로 어울리지 않는 일이 아닐까 어렴풋이 짐작할 뿐이다.

올레마마,
한국은 왜 이래요?

올레길을 내기 위해 2007년 고향 제주로 귀향할 때만 해도 난 철저한 금연주의자이자 금연 전도사였다. 뒷부분을 금연 경험담과 금연 이후의 행복으로 채운 『흡연 여성 잔혹사』의 저자이기도 했다.

그런 내가 고향에 돌아온 뒤 불과 1년여 만에 다시 흡연의 길에 들어선 건 조금도 예상하지 못한 일이었다. 역시 '담배는 잠시 멈추는 것일 뿐, 완전히 끊었다고 장담할 수는 없다'는 선배 흡연자들의 말이 맞았던 것이다. '제주도 공기가 워낙 맑고 청정하니 스모그로 가득찬 서울에서 금연하는 것보다 이곳에서 흡연하는 게 더 나을지도 모른다'고 스스로를 위로하고 나의 변심을 정당화

했다. 주변 사람들은 다 그럴 줄 알았다면서 혀를 끌끌 찼다. 개중에는 '동지의 귀환'을 열렬히 반기는 흡연 여성들도 있었다.

외국 여자는 오케이, 한국 여자는 노! 한국 남자의 이중잣대

제주에서 새로 사귄 흡연 동지도 있었다. 미국 아이오와주 출신 크리스티나도 그중 한 명이었다. 대학에서 문화인류학을 전공한 그녀는 2010년부터 한국에 와서 원어민 교사로 일하는 중이었다. 미국에서도 최북단 추운 지역 출신인 그녀가 극동아시아에서도 최남단쪽인 제주까지 흘러들어온 배경이 궁금했다.

계기를 제공한 건 남동생의 부인, 우리 식으로 말하자면 손아래 올케였단다. 그녀는 해외에 발령받은 남편을 따라가기 위해 해외 파견 영어 선생을 했던 경험이 있었단다. 그런 그녀는 미국 내의 불황으로 취업에 어려움을 겪는 크리스티나에게 젊은 날 다양한 경험도 쌓을 겸 아시아로 진출해보라고 권했단다. 솔깃한 크리스티나가 중국 일본 한국을 놓고 고민했단다. 한데 군 장교 출신인 아버지와 삼촌 그리고 복무중인 사촌 세 사람 모두 일제히 '세 나라 중 한국이 최고'라고 강추하더란다.

특히 한국 근무 경험이 있던 사촌은 한국에서도 제주도가 최고라고 콕 짚어주더란다.

자기 인생에서 최고의 로또는 그해 제주 지원에 성공한 것이라고 말할 정도로 한국을 좋아하고, 제주를 사랑하는 그녀지만 구사하는 한국어라고는 '몰라요' '죽을래?' '좋아요' '맛있어요' 같은 몇몇 단어뿐. 하지만 눈치는 빨라서 우리가 하는 얘기는 대충 알아들었다.

그런 그녀가 하루는 내게 자신의 흡연 경험담을 들려주었다. 듣고 보니 '잔혹사'가 아닌 '우대사'였지만. 그녀는 서귀포 이중섭 거리의 명소로 떠오른 카페 '메이비'의 단골손님이었다. 시쳇말로 죽순이라고나 할까. 수업을 마치자마자 그녀는 늘 이 카페에 와서 맥주를 두어 잔 마시면서 음악을 듣거나 책을 읽으면서, 간간이 카페 밖 길모퉁이에서 담배를 피워 물곤 했다. 물론 때때로 가끔 마주치는 나와 함께 맞담배를 피우며 수다를 떨기도 했다.

"올레마마, 어제 참 쇼킹한 일이 있었어요."

"뭔데?"

"내가 바깥 길거리 구석에서 담배를 피우고 있었거든요."

"늘 하는 일이잖아. 놀랍지도 않아."

"아, 그런데 어떤 나이든 남자분이 내게 쓰윽 다가오더니 담배 맛있냐고 묻더라고요."

"네가 한국말을 어찌 알아?"

"아, 내가 눈치 한국어잖아. 그런 동작으로 묻더라고요. 보디랭귀지로."

"그래서?"

"내가 엄청 맛있다고 보디랭귀지로 대답했지요."

"그랬더니?"

"그분은 갑자기 엄지손가락 치켜들면서 넘버원, 원더풀, 뷰티풀 그러더라고요."

"한국에서는 그 정도면 엄청 해피 엔딩이네 뭐."

"아니. 반전이 있었다니까요."

"뭔 반전?"

"그 아저씨가 내 근처에서 담배를 피우는 한국 여자에게 다가가더니 갑자기 큰소리로 뭐라 뭐라 하더니, 그 여자를 때릴 듯이 손을 막 휘젓고 가더라고요. 근데 그 여자는 저도 잘 아는 분인데, 그 언니가 나보다도 몇 살이나 더 많았거든요."

크리스티나는 내게 흥분해서 말을 이어나갔다. 왜 서양 여자는 원더풀이고, 한국 여자는 데끼(그녀도 데끼는 알아들었다)인 거냐고. 그게 말이 되는 거냐고.

에고, 나는 할말이 없었다. 그 아저씨의 이중잣대가 어디에서, 무엇에 기인한 것인지는 나 역시 알 수가 없었기에. 그저 뒷맛이 씁쓸했다.

같은 서양인도 남자 선생님은 OK, 여자 선생님은 NO

그로부터 몇 넌 뒤, 나는 다시 담배를 끊었고, 크리스티나는 여전히 흡연중이었다. 그러던 어느 날 카페 메이비에서 나와 마주친 크리스티나가 또 씩씩거리는 게 아닌가. 이번에도 담배 이슈였다. 한데 이번에는 같은 서양인 사이에서 벌어진 남녀 차별이었다.

그녀는 당시 제주시 공공 외국어학습관으로 발령나서 서귀포에서 제주시를 오가면서 통근하는 중이었다. 어느 날, 학원 수업이 끝나고 귀갓길 버스를 기다리던 중 흡연구역에서 담배를 꺼내서 피웠더란다. 함께 퇴근하는 동료 남자 교사와 함께. 하루의 피로감을 담배 연기에 실어 보내면서. 한데 한 중년 여성이 매서운 눈초리로 그녀를 한참이나 쏘아보더란다. 대체 왜 그러지, 크리스티나는 생각했다.

그 이유는 다음주에야 비로소 밝혀졌다. 상급기관인 교육청으로부터 학습관으로 연락이 왔더란다. 크리스티나라는 서양인 여선생이 공공장소에서 담배를 피웠으니 징계 조처를 해달라는 학부모의 민원이 제기되었다면서. 크리스티나는 거세게 반론을 제기했다. 아니, 퇴근 후의 사생활, 그것도 국가에서 직접 판매하는 담배를 피운 게 대체 무슨 잘못이며, 그게 학생들 교육과 무슨 연관이 있는 것이냐고, 설령 백번 양보해서 잘못이라고 한다면 그때 그 자리에서 함께 담배를 피운 그 남자 선생님은 왜 고발하지 않은 거냐고. 결국 그녀의 논리적인 항변으로 상황은 유야무야 흐지부지되었다.

아, 크리스티나. 그녀는 한국에 와서 한 번은 서양인이라서 특혜를, 한 번은 여자라서 불이익을 겪었던 것이다.

다시
사랑에 빠지다

어떤 일이 있어도 담배를 다시 피우지 않으리라는 결심은 〈시사저널〉을 그만둔 뒤 백수 생활, 그리고 다시 들어간 〈오마이뉴스〉에서도 그대로 이어졌다. 스트레스 때문에 다시 담배를 피우게 된다면 회사를 그만둘망정 담배를 다시 택하지는 않겠다는 모진 결심으로 버티어냈다. 그건 〈오마이뉴스〉를 그만둔 뒤, 3년 동안 버킷 리스트로 간직해온 산티아고 길에서도 기적적으로 유지되었다.

사실 난생처음 떠난 유럽 여행, 혼자 하는 첫 여행, 꿈속에서도 그리던 산티아고 길 위에서 뜻밖의 풍경을 접할 때면 '아, 담배를 좀더 늦게 끊었더라면 이 절경에서 한 대 피울 수 있었을 텐데' 하는 아쉬움이 든 순간도 있었다. 그러나 그 순간만 넘기고 나면 가슴을 쓸어내리면서 아, 참 잘했구나 싶은 마음이 들었다.

결정적으로 흔들린 순간도 찾아왔다. 산티아고에서 돌아온 뒤 이듬해 2월 세상에서 가장 높은 길, 네팔의 안나푸르나 베이스캠프에 하룻밤 묵던 날이었다. 자던 중 소변이 마려워서 실외에 있는 화장실로 가기 위해 툴툴거리면서 나섰던 나는 믿을 수 없을 만큼 기막힌 풍광에 직면했다. 어제 온종일 기진맥진하면서 올라온 계곡 아래로, 별들이 반짝거리면서 쏟아져내리고 있었다. 세상의 별이란 별은 다 이곳으로 모여든 것 같았다. 저멀리 신령스러운 느낌을 자아내는 안나푸르나 설산 봉우리를 배경으로, 본디 목적도 잊어버린 채 한밤중에 벌어지는 별들의 대잔치를 한동안 지켜보았다. 그 순간 절실히 그리웠다. 딱 한 대의 담배가. 이 별들과 계곡과 설산을 바라보면서 깊은 호흡을 들이마셨다가 내보내고 싶었다. 금연을 절실히 후회한 순간이었다.

지금도 모른다, 어떤 이유로 다시 피우게 되었는지는

버킷 리스트였던 산티아고 길과 안나푸르나 ABC 캠프 등정을 마치고 난 뒤, 2007년 7월 나는 고향 제주에 '세상에서 가장 평화롭고 아름다운 길' 제주 올레길을 내기 위해 귀향했다. 도시의 경쟁적인 삶을 뒤로하고 고향에 길을 내는 일을 하던 중 다시 담배를 피우게 될 줄은 꿈에도 생각하지 못했다. 총탄이 빗발치듯 오가는 언론의 특종 경쟁 전쟁터에서도, 숨막히는 절경 앞에서도 무너지지 않았던 나였으므로.

올레길 개척 초반, 길 내는 일이 엄청 평화롭고 비경쟁적인 일이라서 스트레스가 없으리라는 내 예상은 반은 맞고 반은 틀렸다. 길을 찾아다니는 일은 가슴 뛰는 행복한 여정이었다. 그 아름다운 풍광 속에 숨어 있는 옛길을 이리저리 더듬어 다니노라면, 천진무구하던 어린 시절로 돌아간 기분이었다. 미세먼지 하나 없이 신선한 공기와 푸르른 하늘. 고향에 돌아오기를 정말로 잘했다는 생각이 들었다. 하지만 길을 낸다는 것은 또다른 일이었다. 동장, 이장, 마을 주민자치위원회, 부녀회, 청년회, 마을의 문중 어른들, 목장 주인들, 해녀 삼촌들, 어촌계 사람들…… 하나의 길에 관계된 사람들은 수없이 많았고, 설득해야 할 사람들 천지였고, 장애물은 넘어도 넘어도 또 나타났다.

지금도 모르겠다. 그러던 중 담배를 다시 붙잡게 된 날이 언제인지, 그리고 무슨 이유에서인지. 하지만 그날의 풍경은 선연히 떠오른다. 세 들어 살던 빌라의 베란다 책꽂이 한 켠에 서울에서 놀러왔던 후배가 피우다가 두고 간 담뱃갑과 라이터가 갑자기 내 눈앞에 달려드는가 싶더니, 어느 순간 내 손에 쥐여 있었다. 담배와 이별한 지 거진 7년여 만의 일이었다.

담배에 불이 붙는 순간, 사랑도 다시 타올랐다. 모든 과정이 너

뜻밖의 풍경을 접할 때면
'아, 담배를 좀더 늦게 끊었더라면
이 절경에서 한 대 피울 수 있었을 텐데'
하는 아쉬움이 든 순간도 있었다.
그러나 그 순간만 넘기고 나면
가슴을 쓸어내리면서
아, 참 잘했구나 싶은 마음이 들었다.

무나도 자연스러웠고, 오랜 이별에도 그의 감촉과 냄새와 매력은 여전했다. 그토록 절박하게 헤어진 이유는 까마득하게 잊혔고, 사랑해야 하는 이유만 생각났다. 급기야는 서울에서야 그 공해와 매연 속에서 담배까지 피우면 엎친 데 덮친 격이지만, 이곳 제주는 워낙 물 좋고 공기 좋고 매연 덜하니 담배 정도는 피워도 괜찮을 거야, 생각했다. 나아가 더 어처구니없는 흡연 논리까지 만들어냈다. 이토록 수많은 스트레스에 직면하고 있는데 담배까지 참다가 길 내는 일을 포기하느니, 담배라도 피워가면서 길을 계속 내는 게 나를 위해서나 올레꾼을 위해서나 제주도를 위해서나 나은 거 아니냐는.

그렇게 해서 다시 흡연자로 돌아온 나는 예전보다 훨씬 자유로웠다. 이혼해서 남편과 시댁도 없어진데다, 직장도 다니지 않는데다, 아이들도 얼추 다 컸다. 게다가 남들의 간섭을 받지 않아도 될 만한 반백 살을 넘은 나이였다. 딱 하나 맘에 걸리는 존재는 2004년에 세상에 내보냈던 『흡연 여성 잔혹사』였다. 그 책에서 나는 담배 피우는 여자들에 대한 세상의 편견과 오해, 그리고 흡연 여성들의 설움과 압박에 대해 대부분의 페이지를 할애했다. 하지만 나머지 두 장은 금연 전도사마냥 금연의 요령, 효과, 기쁨에 대해 열렬한 예찬과 간증과 조언을 늘어놓았다. 그때만 해도 다시는 담배를 피우게 되지 않으리라는 자신감과 결심이 확고했다. 담배가 얼마나 집요한 존재인가를 제대로 몰랐던 것이다. 아,

흡연 선배들이 입버릇처럼 들려준 이야기가 옳았다! 담배는 무덤 속에 들어갈 때까지는 끊었다고 장담 못 한다, 그저 중단했을 뿐이다, 라는.

어쩌다가 올레길에서, 우리 사무실에서 만난 올레꾼들은 대부분 『제주 올레 여행 — 놀멍 쉬멍 걸으멍』이나 『꼬닥꼬닥 걸어가는 이 길처럼』 독자라면서 내게 말을 걸어왔다. 한데 그중 적은 숫자이긴 하지만 『흡연 여성 잔혹사』의 열혈 독자, 애독자라는 이들이 있었다. 어느 날 큰아들과 서귀포 시내에서 그런 독자와 만났을 때 나는 얼굴이 새빨개지면서, 중언부언 횡설수설 황망하게 자리를 피하고 말았다. 책에 쓴 내용과는 달리 다시 담배를 피운다는 게 못내 마음에 걸려서였다. 아들은 나를 놀려댔다. "아니, 그 독자는 꼭 금연에 꽂혀서 그 책을 좋아한 게 아닐지도 모르는데, 그렇다 해도 그냥 아, 다시 피우게 됐다고 쿨하게 인정하면 될 일인데…… 어찌나 당황해하는지 지켜보는 내가 다 민망하더라고요. 마치 경찰에게 불심검문당한 사람처럼 줄행랑을 치고…… 크크."

그래서였다, 내가 『흡연 여성 잔혹사』가 책방에서 서서히 사라져가는 걸 외려 다행으로 여긴 것은. 심지어 출판사에서 더이상 찍지 않아서 절판되자 해방된 느낌마저 들었다.

아주 공격적인, 아주 성질이 급한

그런 나날이 한 달 두 달, 한 해 두 해 흘러갔다. 다시 담배를 피운 지 어느덧 7년째에 접어든 2015년 10월. 비록 흡연은 했지만, 내가 느끼는 내 몸의 상태는 역대급으로 좋았다. 기자 시절처럼 성대결절도 오지 않았고, 두통도 없었고, 몸도 무겁지 않았고, 불면증도 없었다. 역시 공기 좋은 제주도에서, 날마다 걸으니 담배쯤이야 건강에 그닥 영향을 미치지 않는구나 싶었다.

어느 날 핸드폰으로 문자메시지가 날아왔다. 홀수 해라서 홀수 해에 출생한 어르신들 암검사를 국가에서 해준다는 내용이었다. 어르신이라니 다소 쑥스러운 느낌이었지만, 나라에서 암 검진을 해준다니 오랜만에 한번 해볼까 하는 생각이 들었다. 건강 걱정이 있어서가 아니라 워낙 건강하다는 느낌이어서 그걸 공식적으로 확인하고픈 마음이 컸다. 내가 사는 서귀포에서 가장 규모가 큰 종합병원인 '열린병원'에 검사를 신청했더니 이내 날짜가 잡혔다. 카톡과 전화로만 소통해온 만화가 허영만 화백과 서귀포에서 직접 만나기로 한 전날이었다. 암검사를 마친 뒤 홀가분한 마음으로 오래전부터 팬이었던 허화백을 만난다? 완벽한 추석 전야 프로그램이다 싶었다.

허나 이 프로그램은 완전히 박살이 났다. 시작은 위내시경 검사 결과를 듣는 원장님 방에서였다. 오랫동안 알고 지내던 이행철 원장님의 표정은 늘 웃음기 가득했던 평소와는 달리 어둡기 짝이 없었다. 내시경 사진을 보여주면서 아무래도 악성종양, 그것도 아주 공격적인 종양인 듯하다면서, 위암인 것 같단다. 위암? 들으면서도 실감이 나지 않았다. 최근 그 어떤 증세도 없었는데. 구토도, 메스꺼움도, 설사도, 소화가 안 되는 느낌도 전혀 없었다. 마흔일곱 살 되던 해, 서울에서 직장생활을 할 때는 그 모든 증상에 다 시달렸는데도 종합검진 결과 아무런 이상이 없다고 해서 얼마나 황당했던가. 한데 지금은 이 공기 좋고 매연 없는 제주에서 보람은 있고 경쟁은 없는 평화로운 올레지기 생활을 하면서 날마다 걷고 있는데, 아무런 고통도 없는데 난데없이 암이라니? 이 모든 상황이 너무나 비현실적이어서 피식 웃음이 나왔다. 허나 원장님의 표정은 점점 딱딱하게 굳어져갔다.

"이사장님, 내일 아침 당장 서울 올라가세요. 제가 아는 최고의 위암 전문가 의사에게 미리 다 말해놓을 테니, 가자마자 정밀검진 다시 하고 수술 날짜 최대한 빠른 시일 안에 잡아드릴 겁니다. 이사장님이 건강하셔야 올레도 지킬 수 있죠. 제 말 들으셔야 합니다."

"아니, 원장님. 내일 육지에서 오는 만화가 선생님 만나야 하는데요. 오래전부터 해온 약속이라서 꼭 지켜야 하고요. 올레 사무국 직원들에게 이거저거 업무 인수인계하고 당부할 시간도 필요하고요. 이삼일만 있다가 서울 올라가면 안 될까요? 아무리 암이라 해도 이삼일 사이에 뭐가 달라질 게 있을까요?"

원장님은 어처구니없다는 표정으로 내 말을 듣더니, 마침내 버럭 화까지 냈다. "정말, 정말 급한 상황이에요. 아주 공격적인 암이라고요, 아주 성질이 급한." 속으로 엉뚱한 생각이 불쑥 들었다. 한때 직장에서 '왕뚜껑'이라고 불렸을 만큼 성질이 급한 나. 그런 나에겐 암세포마저도 성질 급한 놈이 들어온 걸까, 하는.

어쨌든 우여곡절 끝에 결국 나는 허화백과의 약속을 급히 취소하고(암 검진 결과를 고백할 수밖에 없었다) 다음날 서울행 비행기에 몸을 실었다. 얼떨떨, 어리바리, 황당한 기분으로. 여전히 실감이 나지 않았다.

서울에 도착하자마자 공항에서 기다리던 후배의 차를 타고 경희의료원으로 직행해서 입원실을 배정받고, 검사에 들어갔다. 워낙 입원실이 없어서 병실료가 비싼 1인실에 배정되었지만, 돈 걱정보다는 담배를 피울 수도 있겠다는 기대감이 더 컸다. 화장실에 들어가서 몰래 한 대를 피워 물었다. 이게 마지막 한 대일 수도 있겠다 싶으니 이별을 앞둔 연인처럼 절절한 마음이 들었다. 한데 그 애절한 상황에 와장창 고춧가루를 뿌리는 일이 곧이어 벌어졌다. 갑자기 노크 소리가 들렸다. 본능적으로 허겁지겁 담뱃불을 끄고 화장실에서 나오는데, 링거 병을 갖고 들어오던 간호사가 새된 소리를 질렀다. "아니 환자분, 지금 여기서 담배를 피우신 거예요?" 아니라고 부인하고 싶었지만, 심증과 확증을 갖고 몰아붙이는 그녀에게는 속수무책이었다. 그저 고개를 푹 숙이고 죄송하다, 절대로 안 그렇겠다, 변명과 사과를 늘어놓는 수밖에.

위의 70퍼센트를 잘라내고, 5개월 만에 떠난 산타아고 길

그로부터 모든 일이 일사천리로 진행되었다. 이 병원의 검진 결과도 제주도 병원의 것과 똑같았다. 수술이 다음날로 잡혔다. 이 동침대에 뉘어져서 긴긴 복도를 지나 엘리베이터에 들어가서 또 다른 복도를 거쳐 수술방으로 들어가서 마취약을 주입하고 하나 둘 셋을 셀 때까지…… 이 모든 일이 마치 영화를 찍는 것 같았다. 어떤 영화의 주인공이 된 걸까, 나는.

마취에서 깨어나 다시 똑같은 수순으로 병실에 돌아와보니 예전 〈시사저널〉 동료와 후배 셋이 와 있었다. 그들은 놀란 듯, 반가운 듯, 황당한 듯 표정이 제각각이었다. 그중 하나가 입을 열었다. "선배, 수술 너무 잘 끝났대. 하지만 종양 위치가 너무 안 좋아서 굉장히 많이 잘라내야만 했대. 그러니 앞으로 정말 조심해야 해. 위를 70프로나 절제했거든." 다른 후배가 그 후배의 팔을 툭 쳤다. 하지만 그 후배는 꿋꿋이 제 할말을 다했다. "저 선배는 정말 쎄게 얘기해줘야 해. 너도 봤잖아. 얼마나 많이 떼어냈는지. 아뇨 정말……"

알고 보니 그들은 절제 부위를 보호자가 확인해줘야 한다는 병원측의 권고로 그 부위를 직접 목격했더란다. 그들은 말했다. 인간의 위가 그렇게 큰 줄 몰랐다고, 그리고 그렇게 많이 떼어내고서도 서선배가 음식을 어찌 섭취할까 걱정이 많이 된다고. 정작 당사자인 나는 아무런 실감도 나지 않았다. 그저 수술이 끝났으니 다행이라는 생각밖에는. 위 절제의 현실을 실감하는 데에는 그리 오랜 시간이 걸리지 않았다. 물, 아주 묽은 미음을 하루이틀 먹다가 사흘 만에 죽 비스무레한 액체가 나왔다. 하지만 이걸 삼키고 소화하는 데도 내 위는 힘들어하는 게 역력했다. 조금만 더 들어가도 끅끅 소리가 절로 났다. 이토록 불편하게 사느니 차라리 굶는 게 낫겠다 싶을 정도였다. 아, 세상에서 굶는 걸 가장 싫어하고 두려워하던 내가 자청해서 굶을 정도로 위 절제 이후의 시간은 고통스러웠다.

그나마 다행인 일도 있었다. 공격적이지만 초기 단계라서 항암 치료는 안 해도 되었다는 것이었다. 시간이 갈수록, 느리지만 점차 회복되어가는 게 느껴졌다. 한 달 두 달, 서너 달 지날 무렵 문득 산티아고 길을 다시 걷고 싶어졌다. 그러고 보니 다녀온 지 딱 10년째였다. 그때 그 길을 다 걷고 난 뒤 스스로에게 약속했다. 나 이 50에야 처음으로 자유로운 여행을 하고, 산티아고 길을 걸었으니 앞으로 10년에 한 번은 이 길에 와서 그때 그 시절을 떠올리자고. 그동안 올레길을 내면서 너무나도 많은 일 사이에 지지고 볶고 시달리다보니 그 약속을 까맣게 잊고 지냈다.

암수술이라는 특별한 상황이 그 약속을 다시 소환해주었다. 암수술 때문에 이런저런 특강과 대외 일정을 다 중단하고 취소한 상황. 떠나기에는 시기도, 상황도 딱이라는 생각이 들었다. 큰애에게 내 뜻을 말했더니, 엄마는 한번 맘 먹으면 못 말리는 사람이니 차라리 자기도 같이 가겠단다. 어떤 상황이 닥칠지 모르니. 나로서는 불감청고소원이었다. 이 기회에 걸으면서 데면데면, 아슬아슬한 관계인 아들과 거리가 좁혀지고 서로를 이해할 수 있으리라는 기대가 슬며시 피어올랐다(나중 우리가 겪은 상황은 오히려 정반대에 가까웠지만).

제주와 서울, 두 병원의 의사에게 산티아고 길을 두 달간 걸으러 다녀와도 되느냐고 물었다. 두 의사 모두 권장할 수는 없으나 정 본인이 원한다면 후견인 동행 아래 조심조심 잘 다녀오란다. 그래서 나는 아들과 함께 2016년 4월 산티아고 길을 걸으러 떠났고, 두어 달 만에 무사히 돌아왔다. 물론 돌아올 때까지 무사히 금연에 성공했고, 이 글을 쓰는 2022년 가을까지도 성공적으로 중단중이다.

- 리처드 클라인, 『담배는 숭고하다』, 허창수 옮김, 문학세계사, 1999.
- 최재천 편저, 『담배와의 전쟁』, 일상, 2001.
- 타라 파커-포프, 『담배, 돈을 피워라』, 박웅희 옮김, 코기토, 2002.
- 윌리엄 글라써, 『긍정적 중독』, 김인자 옮김, 한국심리상담연구소, 1997.
- 코너 굿맨, 『3.3인치의 유혹』, 김현후 옮김, 나무와숲, 2003.
- 김정화, 『담배 이야기』, 지호, 2000.
- 한국담배인삼공사 편저, 『백 년의 뿌리를 찾아서』, 담배인삼공사, 1999,
- 필립 그랭베르, 『프로이트와 담배』, 김용기 옮김, 뿌리와이파리, 2003.
- 홍일록, 『악마새』, 당그래, 2002.
- 김형경, 『담배 피우는 여자』, 문학과지성사, 2005.
- 이탈로 스베보, 『제노의 의식』, 이진희 옮김, 느낌이있는책, 2009.
- 레기네 슈나이더, 『새로운 소박함에 대하여』, 조한규 옮김, 여성신문사, 2000,
- 요슈카 피셔, 『나는 달린다』, 선주성 옮김, 궁리, 2003.
- 고한나, 「일제 시대 여성 흡연에 대한 담론 분석」, 2002.
- 안대회, 「이옥李鈺의 저술 『담배의 경전烟經』의 가치」, 2003.

흡연 여성 잔혹사

ⓒ서명숙 2022

초판 인쇄 2022년 11월 18일
초판 발행 2022년 11월 25일

지은이 서명숙
편집인 이연실

책임편집 이연실 편집 염현숙 디자인 백주영
마케팅 정민호 이숙재 김도윤 한민아 정진아 이민경 정유선 김수인
브랜딩 함유지 함근아 김희숙 고보미 박민재 박진희 정승민
제작 강신은 김동욱 임현식 제작처 한영문화사

펴낸곳 (주)문학동네 펴낸이 김소영
출판등록 1993년 10월 22일 제2003-000045호
임프린트 이야기장수

주소 10881 경기도 파주시 회동길 210
문의전화 031) 955-2696(마케팅) 031) 955-2651(편집)
팩스 031) 955-8855
전자우편 pro@munhak.com
문학동네카페 http://cafe.naver.com/mhdn
북클럽문학동네 http://bookclubmunhak.com
문학동네 인스타그램 트위터 @munhakdongne
이야기장수 인스타그램 트위터 @promunhak

ISBN 978-89-546-8948-9 03810

www.munhak.com